Twee strijd

Twee strijd

Delayla de Lange

Schrijver: Delayla de Lange
Coverontwerp: soufiane Kasri
ISBN: 9789403692142

18 worden in de jeugdzorg

Verbitterd en getekend voor het leven
Aan beide kanten met verdriet omgeven
Geen betekenis van mijn glimlach
Het is de neppe vrolijkheid die je zag

Probeer het goed te verstoppen
Zodat ze mijn gedachten niet kunnen stoppen
Van binnen ga ik kapot aan verdriet
Ik herken mezelf hierin gewoon niet

De redelijk veilige haven die voor mij gecreëerd was
Ik gebruik het als mijn kompas
Ik word geleid door de basis die ik heb meegekregen
Maar de heftige gebeurtenissen hebben mij nooit echt dwarsgelegen

18 is maar een getal
Maar ik ik ben doodsbang dat ik het verknal
Ik ben bang dat ik op straat kom te staan
Zonder dat ik ooit de kans krijg op een goede baan

Ik weet dat mijn pleegouders mij blijven steunen
Dat ik nog jaren op hun schouders mag leunen
Ik weet dat ik hun huis gelukkig nog niet hoef te verlaten
Maar ik wil dat mensen hoger op hier eens over gaan praten

Want ik heb op jonge leeftijd al keuzes moeten maken
Die een kind van 8 niet hoort te krijgen
Keuzes die volwassenen niet eens kunnen maken
Maar ik ik moest altijd boven mezelf uitstijgen

Iemand die mij niet kent leest mijn verhaal het verhaal wat ik op papier heb gezet
Het is niet zomaar iets wat je even rest
Ik heb hulp en begeleiding nodig
Maar iemand hoger op vindt dit misschien onnodig

Ik sta op het punt mijn volwassen leven te beginnen
Maar om hulp en begeleiding te behouden zou ik een goede reden moeten verzinnen
Ik heb in mijn verleden al zo veel meegemaakt
Ik ben het vertrouwen in mensen meermaals kwijtgeraakt

De angst om er alleen voor te komen staan is slopend
Dit gevoel is enorm verdovend
Bang om de veiligheid kwijt te raken
Is er dan niemand die over mij komt waken

Ik moest vroeg volwassen worden
Kon ik soms maar terug in de tijd
De gebeurtenissen uit mijn verleden worden steeds diepere fjorden
Kon ik maar even terug als kleine meid

Voor mijn gevoel loop ik vaak achter de feiten aan
En soms laat ik daarom een traan
Ik kan het nog niet alleen
Ik heb echt iemand nodig om mij heen

Iemand die mij echt ziet staan
En mij niet zomaar laat gaan
Iemand die mij het volwassen leven uitlegt
Iemand die mij vertrouwen toezegt

Jongeren om mij heen vieren feest als ze 18 jaar worden
Iedereen is blij en viert feest
En ik ik doe gezellig mee
Totdat ik 18 word het is een leeftijd die door velen wordt gevreesd

Je ziet het niet van de buitenkant
Maar wij maken een start met een 10-0 achterstand
Er wordt hier niet oké mee omgegaan
Elk kind van 18 kan natuurlijk al alles aan

Het wordt tijd dat hier verandering in komt
Ik hoop dat het eindelijk ergens binnenkomt
Ik hoop dat het binnenkomt bij iemand die hierover gaat
U kunt hier nog iets aan veranderen het is nog niet te laat

Ik spreek voor degene die dat niet kunnen
Ik deel mijn verhaal voor degene die dat niet durven
We moeten elke jongeren een goede start in het leven gunnen
Wij zijn op golven van emoties aan het surfen
-Delayla

Papa & mama

Lieve pap lieve mam hoe kan ik jullie bedanken
Jullie geven mij zoveel liefde ik kan altijd bij jullie janken
Jullie geven mij alle kansen
Ik hoop nog jaren met jullie kan dansen

Je bent wie je bent
Het is belangrijk dat je daaraan denkt
Dat is wat ik altijd weer zie in een oogwenk
Dankzij jullie is het dat ik zo denk

Ik ben wie ik ben en ik zeg dat met trots
Ik wil geen zwaar hart dus ik laat het los
Als je niet oppast ben je klos
Ik weet wie ik ben en dat maakt mij de bos

Ik ben blij met jullie in mijn leven
Ik kan het niet genoeg zeggen
Bedankt voor alle liefde die jullie geven
Door jullie kan ik mijn grenzen verleggen
-Delayla

Kwijt

Ik kijk in de spiegel
Ik zie iemand staan
Ik kijk goed want het lijkt wel een lachspiegel
Ik lach maar van binnen van binnen laat ik een traan

Ik raak mezelf kwijt
Ik volg mezelf van een afstand
Ik zit op het water en ik zie dat alles om me heen wegdrijft
Ik kijk hoe alles wat ik opbouw langzaam ook weer afbrand

Ik was altijd die kleine vrolijke meid
Ik geef niet zomaar op
Ook al is die kleine meid al een tijdje kwijt
Als ik wakker word draai ik weer aan die vrolijke knop

Ik geef niet zomaar op ik ben een strijder
Ik doe wat ik leuk vind
Ik word mijn eigen leider
De slechte dingen laat ik achter ik stop ze achter de plint
-Delayla

Speciale band

Al 19 jaar vriendinnen
Ik weet niet goed waar ik moet beginnen
Samen in de wieg
Je vliegt om me heen als een soort vlieg

Van samen naar zwemles
Naar als ik bij jou ben geweest heb ik helemaal geen stress
We woonden nooit dicht bij elkaar
Nu jij je rijbewijs hebt is het een groot gevaar

Elke week samen sporten
In plaats van het bouwen van al die veilige forten
De afgelopen jaren zijn er veel dingen gebeurt
Onze harten werden meerdere keren verscheurt

Als er problemen zijn ben jij mijn veilige haven
Want jij hebt die speciale gaven
Een dag bij jou geeft mij zo veel vreugde
Zelfs zo veel dat wij af en toe echt niet deugen
-Delayla

Begeleiding

Je zegt je kan me vertrouwen
Ik weet niet wie je bent ik heb je pas twee keer gezien
Ik vertel je mijn verhaal ik ben weer met gedachten aan het sjouwen
Ik weet niet waarom ik dit verdien

Je zegt ik blijf bij jou
Je wilt dat ik alles met je deel
Terwijl ik weet dat je me toch weer verlaten zou
Het enige wat ik wil is dat ik heel

Een extra gesprek kondigde jij aan
Ik voelde de bui alweer hangen
Je vertelde over je nieuwe baan
Ik laat me te makkelijk vangen

Ik heb iemand nodig die blijft hangen
Gelukkig is Arjan altijd bij mijn zijden
Ik laat me niet meer makkelijk vangen
Met jou bespreek ik al mijn strijden
-Delayla

Geef niet op

Jij ziet een lach
Diep van binnen zwaai ik met een witte vlag
Van binnen laat ik een traan
Soms lijkt het wel een open kraan

Ik sta op het punt van opgeven
Door alle gedachtes die de laatste tijd zijn langs gedreven
Ik denk altijd ik ben niet goed genoeg
Vandaar dat ik me zo volwassen gedroeg

Ik zie je staan maar ik kan je niet bereiken
Het wordt tijd dat dat ik stop met mezelf met andere te vergelijken
Mensen zeggen je trauma maakt je sterker
Die trauma's stoppen mij alleen maar in een hele diepe kerker

Ik geef niet op want ik sta hier toch zeker boven
Het wordt tijd dat ik dat zelf ook ga geloven
Hulp vragen is helemaal niet erg
Het is het begin van het neer halen van die zwarte berg
-Delayla

Dagenlang

Ik loop elke dag door dezelfde stad
Over dezelfde stenen op hetzelfde pad
Langs dezelfde lantaarnpalen waar mensen stickers op plakken
Dezelfde bomen planten en prullen bakken

Dan over dezelfde brug dezelfde hoek om dezelfde gracht op
Langs dezelfde huisnummers in de straat
Langs hetzelfde bankje wat daar al jaren staat

Elke dag hetzelfde
En toch als ik elke dag een foto zou maken tot het einde van het jaar
Dan zou je zien dat het wel dezelfde plekken zijn
Maar de foto's lijken verder niet op elkaar

En eigenlijk is dat ook wel een mooi gegeven
Om toe te passen voor de dagen van ons leven
-Delayla

Blijf bij me

Vecht niet voor mij als je dit niet vol kunt houden
Ga bij me weg als je toch niet op de een of andere manier van mij hebt gehouden
Ik ben klaar met de messen in mijn rug
Naar al die pijn wil ik nooit meer terug

Wonden die helen wel na een hele lange tijd
Maar ga weg als je niet met mij mee strijd
Ik heb vele mensen al uit mijn leven moeten jagen
Ga zeker niet over jouw leven tegen mij lopen klagen

Ik ben het zat om alles maar aan te horen
Alles wat ik had is nu verloren
Ga het nu zelf proberen op te bouwen
Laat me maar zelf met die zware stenen sjouwen
-Delayla

Weggegaan

Ik gaf een stukje van mijn hart weg
Jij brak mijn hart in stukjes je ging zomaar weg zonder uitleg
Daar stond ik dan verloren
Omdat jij zo nodig bij andere moest scoren

Er is nu een geen terug weg meer
Ik ben er ingetrapt alweer
Met de sleutel in het slot weer een muur om me heen
Laat ik geen mensen meer door LAAT ME TOCH ALLEEN

Ik moet het voor mezelf gaan verwerken
Zodat ik weer aan kan sterken
Het doet me zeer om je daar nu te zien gaan
Maar ik weet dat ik er ooit boven zal staan

Jij hebt een speciaal iemand verloren
Dat gaat vroeg of laat toch in je hart boren
-Delayla

Weggestopt

Ik dacht dat ik het had verstopt
Al die pijn verdriet woede angst en onzekerheid ik dacht dat ik het goed had weggestopt
Dat dat gevoel weer een goed plekje had gevonden
Tot ze opeens allemaal voor mijn neus stonden

Daar was het weer wat doet het me toch mega veel pijn
Ik hoor nu juist weer wat vrolijker te zijn
Pijn van het verleden komt naar boven drijven
En ik kan mijn gevoelens niet zomaar naar je omschrijven

Ik dacht echt dat ik het had losgelaten
Maar ze vonden weer een weg en zelfs ik had het niet in de gaten
Probeer het met al mijn kracht weg te drukken
Maar mijn hart gaat daardoor in stukken

Ik voel me nu even niet zo fijn
Maar ik hou me vast aan wie nu nog bij mij zijn
-Delayla

Verdriet

Op dit moment komen er tranen naar beneden
Mijn hoofd zit vol en ik kan me nergens aan vast binden
Ik probeer ertegen te vechten
Maar dat doet het alleen maar verslechten

Ik ben op dit moment gewoon niet mezelf
Niet dat ene vrolijke meisje van elf
Ik probeer me vast te houden maar weet niet hoe
Waarom is het in mijn hoofd zo'n gedoe

Ik wil vrolijk zijn maar op dit moment lukt dat even niet
Het zit diep van binnen dat ik kapotga van verdriet
Het helen van mijn hart duurt gewoon een lange tijd
Het is hopelijk niet een hele lange strijd

Want ik ben moe het kan gewoon niet meer verder zo
Het lijkt in mijn hoofd net het spel stratego
-Delayla

Harder worden

Twijfels of ik wel harder had moeten worden
De meeste vriendschappen gaan toch aan gorden
Het grote gat in mijn leven
Het blijft daar maar voor even

Probeer mijn best te doen voor iedereen
Maar ik voel me door alles zo alleen
Ik was dacht ik verandert in goede zin
Maar ik zit er nog steeds middenin

Als ik weer zacht word word ik de meeste pijn gedaan
Dan zullen ze weer met zijn alle toeslaan
Maar als ik hier blijf staan
Hoop ik dat zij zullen gaan

Ik wilde niet veranderen dat gebeurde door al die pijn
Ik voelde me toen zo ontzettend klein
Ik ben iemand met een groot hart
Maar vaak werd mijn hart alleen maar zwart
-Delayla

Gemis

Hoe kan ik dit zeggen zonder te breken
Hoe kan ik dit zeggen zonder dat de tranen beginnen te steken
Hoe kan ik dit ooit iemand laten weten
Dat ik jou toch niet kan vergeten

De pijn gaat door mijn hele lijf rond
Ik denk dat er nooit een eind aan komt
Ik heb van je gehouden gehouden maar ik verloor je
Over de tijd wordt het makkelijker tenminste dat zeggen ze

Ik wil niet dat ze mijn geheimen kennen
Mijn liefde voor jou zou nooit iemand herkennen
Ik denk dat niemand mijn gevoel ooit zal begrijpen
Zou iemand mij wakker kunnen knijpen

Je hart past als een sleutel in het slot aan de muur
Maar als ik het omdraai is er helaas geen nieuw avontuur

Ik weet dat ik je ooit moet laten gaan
Maar deze pijn kan ik gewoon nog niet aan
Het is overleven met de pijn die er nu is
Ik hoef geen deel van je erfenis

Met de foto die ik van ons samen heb heb ik al genoeg
Jij was degene die al mijn demonen versloeg
Ik hoop dat jij je rust kan vinden
En dat ik later in de hemel me weer met jou zal verbinden
-Delayla

Tweede kans

Je dacht dat je een tweede kans had gekregen
Maar ik kan het je echt nog niet vergeven
Je daden spoken nog steeds rond in mijn hoofd
Jouw beloofde woorden zijn gedoofd

Probeerde je zeker vast te pakken zoals eerst
Maar mijn kwade gedachte is hetgeen wat overheerst
Ik wilde de aandacht van je pakken
Maar elke keer begon het te verzwakken

Woorden die gezegd zijn neem je niet meer terug
Daarom voelde ik die steek weer hard in mijn rug
Je hebt mij laten zien waarom je het niet meer waard was
Als ik in de buurt was trapte je weer hard op het gas

Zo belangrijk als je zegt dat ik voor je ben K
Rijg ik geen antwoorden meer en doe je net als je me niet herkent
Omdat ik het gevoel heb alsof ik enige ben die gevochten heeft
Zal ik altijd de persoonlijkheid hebben die te veel dingen vergeeft
-Delayla

De teksten van het leven

Het voelt alsof Iedereen om mij heen
De teksten van het leven
Van tevoren heeft gekregen

Hoe iedereen altijd weet
Wat te zeggen
Daar kan ik met mijn hoofd niet bij

Ze moeten het wel instuderen
Dagen de teksten lopen leren
Het loopt allemaal zo vloeiend
Maar dat lukt bij mij niet
-Delayla

Klasgenoten

Elke dag van de week
Elk uur elk kwartier elke seconden
Zit ik in dit lokaal de mensen rondom mij houd ik goed in de gaten
Achter mij hoor ik gebabbel Ik hoor mijn naam
Mijn hartslag stijgt mijn adem stopt mijn oren begeven het
Wat ze zeggen hoor ik niet
Maar het gelach dat volgt komt wel tot hier
Onzekerheden groeien met de jaren
Nieuwe kleren make-up sociale media alles doen om hun te evenaren
De mensen rondom mij houd ik goed in de gaten
Ze zijn niet meer mijn klasgenoten ze zijn nu het spiegelbeeld van alles wat ik haatte
Ik tel de seconden de kwartieren de uren de weken en de maanden
Totdat dat ene moment dat een losstaand vel papier mij verlost mij laat gaan
Dat ik weg mag van mijn klasgenoten de reden dat ik mezelf ben gaan haatten
-Delayla

Pijn

Ik had het moeten weten
Dat je me ooit zou vergeten
Onverwacht ben ik pijn gedaan
Ik kon niet meer op mijn eigen benen staan

Dit diepe dal ben ik nog steeds niet uit
Al breek ik telkens weer een nieuwe ruit
Ik wil weg van deze plek waar jij mij hebt gebracht
Al had ik dit een aantal jaar geleden niet verwacht

We hadden samen zo'n goede band
Maar helaas hield dat door de afstand geen stand
Ik ga meer door mijn eigen pijn en verdriet heen dan jij ooit zal weten
Ik hoopte zo dat ik die pijn zou vergeten
-Delayla

Gedachten

De gebeurtenissen in mijn leven hou ik te lang vast
Ze passen niet allemaal daarboven in de kast
Soms springt er een laatje open
Is het weer een gedachten die mij komt slopen

Ik ben zo hard aan het proberen
Om die gedachtes te blokkeren
Maar vaak overspoelen ze mij een zee van emotie komt over mij heen
Ik probeer ze los te laten ertegen te vechten maar dit doe ik te vaak alleen

Ik heb niet veel mensen om tegen te praten
Komt vaak omdat ze me bijna allemaal alleen hebben gelaten
Ik heb geprobeerd te vechten en zelfs te strijden tegen deze pijn
Maar ik weet toch dat ze binnen een paar jaar weer terug zullen zijn

Probeer voor nu even mijn hoofd leeg te maken
Zodat hun mij nu niet tot in het hart kunnen raken
-Delayla

Hoofd op hol

Mijn hoofd zit vol
Mijn gedachtes slaan op hol
Het is niet met woorden uitteleggen
Ik weet ook niet tegen wie ik het kan zeggen

Probeer het eerst in mijn eentje tegen te gaan
Maar voorlopig kan ik het niet verslaan

IK WIL GEWOON DAT HET STOPT

Duizenden situaties spelen in mijn hoofd
Al wordt er in mijn gezicht al het goede beloofd
Ik kan het totaal niet laten
Want mijn hoofd heeft jouw daden in de gaten
-Delayla

Vasthouden

Het kleine meisje in mij houdt zich vast
Aan wat eigenlijk niet bij haar past
Het is al zo kapotgescheurd
In vele andere dingen gekleurd

Maar toch wil ze blijven houden
Iets waarin ik me nu niet kan vertrouwen
De strijd in mij ik wil het loslaten
Want die kleine meid heeft het totaal niet in de gaten

Dat haar ogen vol zitten met verdriet
Omdat ze weet wat ze vasthoudt loslaten kan ze niet
Probeer het haar maar eens duidelijk te maken
Dat wat ze nu vasthoudt haar alleen maar meer gaat raken
-Delayla

Blijven vechten

Niemand had mij gewaarschuwd
Ik werd in allerlei situaties geduwd
Ik had moeite mijn eigen kracht te vinden
Ik kon mij moeilijk aan iemand verbinden

De angst die ik in mijn hoofd heb gecreëerd
Het sociale in mij was toen helemaal geblokkeerd
Probeer het na 4 jaar weer terug te krijgen
Maar zie de lijn nog niet flink omhoogstijgen

Maar waarom zou ik op dit moment opgeven
Ik ben zo goed bezig om naar het positieve te streven
Je bent al door zoveel heen gegaan
Dan kan je dat laatste stukje ook wel verslaan
-Delayla

Bewandel je eigen pad

Het pad wat jij creëerde
Het is goed nou ja dat is wat jij beweerde
Ik heb mijn hele leven op het pad gelopen
Maar het begon me uit eindelijk langzaam te slopen

Ik ben zo lang doorgegaan
Totdat ik uiteindelijk in mijn eentje kwam te staan
Ik heb niet gestreden omdat ik het niet zag
Had ik maar geweten wat er aan het einde lag

Er zijn wonderen nodig om mij te kunnen redden
Ik zit voorlopig nog hier zullen we wedden
Door pijn verdriet en angst ben ik mijn eigen pad gaan lopen
Langzaam ben ik uit het drijfzand gekropen

Heb ik het wonder zelf gevonden? De kracht uit mezelf gehaald
Ik ben diegene die mijn pad zelf heeft bepaald
Probeer niet te hard van stapel te lopen
Want voordat je het weet zijn ze me weer aan het slopen

Met mijn hoofd omhoog weet ik dit te ondergaan
Ik blijf op mijn eigen benen staan
-Delayla

Loslaten

Als je eens wist wat ik heb meegemaakt
Dan zou je hart compleet zijn geraakt
Je zou het niet eens willen dragen
Al die pijn die duizenden vragen
Daarom hou ik me nu even stil
Tussen alles door is er geen verschil
Mijn hoofd zit vol mijn gedachtes gaan overal heen
Om mijn benen zit een hele zware steen
Ik zet te kleine stappen vooruit
Dit keer is loslaten mijn besluit
Mijn ogen zitten vol van verdriet
Maar zo kan het gewoon echt niet
-Delayla

Achterlaten

Ik kijk je in je ogen aan
Ik zie niet meer dezelfde persoon voor me staan
De woorden die door mij werden geloofd
Die zijn in een klap weg geroofd

Jouw lach is het gewoon niet meer
Al jouw woorden doen mij nu zo'n zeer
Ik moet me omdraaien en verder gaan
Zou je toch niet achter laten staan

Jij was het licht dat scheen in de duisternis
Het licht waarin ik me weer heb vergist
Zeker is het moeilijk voor mij je achter te laten
Maar ik wil ook niet leven met die vele gaten

Jij bent niet meer hetzelfde en daar heb ik moeite mee
Niet meer die persoon waarop ik kan vertrouwen na die woeste zee
-Delayla

Regenberg

Ik dacht dat ik deze berg had verzet
Maar het heeft mij weer volop in mijn gezicht gemept
Het draaien van gevoelens in mijn hoofd
Ze hebben weer eens alles leeggeroofd

Van het gelukkige meisje wat ik was
Ben ik nu in een periode van brekend glas
Ik moet even een stapje terug
Zodat niet alles er in mee vlucht

De tranen prikken in mijn ogen
Ik hoor vrolijk te zijn maar ik kan het zelf niet geloven
Door deze periode kom ik sowieso wel heen
Al is dit zonder iemand ik doe het wel weer alleen
-Delayla

Verdriet

Wanneer mijn leven plots de kant grijpt van het slot van verdriet
Had jij alleen de sleutel maar helpen deed je niet
Met handen vol verraad heb jij de poort gesloten
Jij hebt met jou gedachtes een ander lot voor mij besloten

Ik keek je nog even diep in de ogen aan
Er is een grote kans dat jij mij hier toch laat staan
Met mijn handen in mijn haar zakte ik in elkaar
Om mij daar achter te laten had jij geen bezwaar

Jij liep weg en keek niet meer om naar mij
Ik wist zeker deze keer is het voorbij
Ik liep tegen vele muren aan nadat je was weggegaan
Ik was even niet mezelf ik kon niet op mijn eigen benen staan

Je hebt me een weg laten zien waarmee ik mijn hart weer terugvond
Dat mijn ziel weer aan mijn hart verbond
Het was goed om ons te laten gaan
Herinneringen doen vaak pijn maar ze blijven staan

Al zou ik je liever willen zien en de gedachtes willen delen
Het zou die grote wond in mijn hart niet helen
Ik blijf sterk in mijn hart en maak mezelf groot
Je herkent me toch niet meer als ik tegen je aanstoot
-Delayla

Blijven staan

Het is stil hier aan tafel
De tv heeft de toon gezet
Het nieuws van de avond
Heb ik naast mij neergelegd

Soms twijfel ik of je mij wel hebt gezien
Sta ik op gedempt misschien
De sfeer is beladen
Ik lees het van je gezicht

Het blijft me verbazen
Wat er bij ons is aangericht
En ik weet nu zeker dat ze jou vaak niet hebben gezien
Jij hebt zo veel meer verdiend

Jij blijft staan
Al is er veel veranderd
Jij blijft altijd doorgaan
Onze band is nog niet volledig verankerd

Voorbij zijn de dagen
Waar alles een reden had
Soms voel ik me verraden
Hoewel er geen vijand loopt op ons pad

Ook al lijkt het soms alsof ze mij niet ziet
Dit is en blijft ons grondgebied
–Delayla

Blijf

Ik had gehoopt dat je nog terug zou schrijven
Een berichtje dat je toch in de buurt zou blijven
Maar het mocht niet baten
Ik had het wel in de gaten
Maar mijn hart heeft het nog niet door
Waar mijn hoofd zich weer aan stoort
Ik moet mijn hoofd en hart op een lijn krijgen
Zodat mijn vragen niet te lang zullen stijgen
Maar de tijd heeft zijn gaten gevuld
Mijn hoofd heeft aan mijn hart de waarheid onthuld
-Delayla

Geloven

Je moet in jezelf geloven
Dat moet je jezelf beloven
Je moet geloven in je kunnen
Je moet je zelf ook liefde gunnen

Je bent tot alles in staat
Leef je droom niet te laat
Je kunt elke droom bereiken
Want wat er morgen gebeurt weet je toch helemaal niet

Het leven is een uitdaging je zult daarin wel slagen
Ga dan niet bij een beetje tegen strand tegen hen klagen
Neem controle over hoe je je voelt
Leg uit wat je precies bedoelt

In alle omstandigheden
Denk je niet terug aan je verleden
Wanneer je gelooft dat je het zult bereiken
Zou je naar de hoogste toppen reiken

Het wordt tijd dat je de waarheid weet
Dat je weet hoeveel je waard bent
-Delayla

Mijn fout

Het is mijn fout
Dat mijn hart niet meer is van goud
Je kan niet meer kijken in mijn ogen
Want ik heb je al jaren bedrogen

De tranen rollen over mijn wangen
Kan ik niet meer naar een glimlach verlangen
Het is zo erg kapotgegaan
Waarom heb ik jou dit aangedaan

Die vraag zit zo erg in mijn hoofd
Dat mijn vlam bijna is gedoofd
Ik weet dat ik dat ik het met een sorry het spijt me niet goed kan krijgen
Daarom zal ik met die woorden zwijgen

Ik zal om draaien en door die deur gaan
Ik zal je daar met al je vragen laten staan
Wil je tegen mij schreeuwen schreeuw gooi het eruit
Voordat ik deze deur voor goed sluit
-Delayla

Sterker worden

Als je aan me denkt doe het dan niet
Ik begon mijn eigen leven te lijden toen jij het verliet
Vanwege de beslissingen die jij hebt genomen
Ben ik aan vele dingen ontkomen

Als je me nu gelukkig ziet laat me dan met rust jij bent niet meer mijn favoriet
Doe geen moeite om terug te komen
Alle vertrouwen in jou is al afgenomen

Heb zeker geen spijt voor wat je mij hebt aangedaan
Daardoor ben ik sterker in mijn schoenen gaan staan
Door jou heb ik de kracht gevonden die altijd voor me lag
Jij was de reden dat ik het nooit zag

Laat mij in mijn eigen leven naar doelen streven
Zodat ik niet weer alles hoef op te geven
-Delayla

Eenzaam gevecht

Een eenzaam gevecht
Bij wie of wat kan ik terecht
Gevolgen zijn niet onder ogen te zien
Wilde ze mij langzaam laten doden misschien

Ik hoop dat ik ze ooit de baas kan zijn
Even weg van deze plek even weg met de pijn
Maar het strijden is nog lang niet opgehouden
Wie of wat kan ik nog vertrouwen

Er liggen veel zware stenen op mijn pad
Wat ben ik dat graven toch zo zat
Waar is de uitweg om weer mezelf te zijn
Dan worden mijn gedachtes uiteindelijk mijn domein
-Delayla

Splitsing

Je probeert je weg te vinden maar een splitsing houd je tegen
Je ziet je hart en je gedachtes de andere kant op bewegen
Hoe moeilijk het soms is om een besluit te nemen
Soms zit je zonder besluit nog erger in de problemen

Je probeert op beide benen weer verder te gaan
Maar je weet dat daardoor tegen slag kan ontstaan
Zo voorzichtig mogelijk probeer jij je te verplaatsen
Maar komt dan uit op meerdere parkeer plaatsen

Je weet niet waar je je gedachtes moet laten staan
Met die gedachtes op deze manier kan je niet doorgaan
Je houdt twijfels in jezelf en je houdt het te lang vast
Met de hoop dat jij met iets anders wordt verrast

Maar het mocht zeker niet baten
Want de duistere gedachtes hadden het al in de gaten
Probeer je hart te volgen en een besluit te nemen
Zodat je niet meer verder komt in een diepe twijfel van problemen
-Delayla

Achterlaten

De waarheid is ik zag hoe je me opgaf
Je woorden je daden waren erg laf
Heb je geen seconde gedacht dat ik niet meer hetzelfde kan blijven
Ik kan nu niet meer de pijn uit mijn ogen wrijven

Door jou denk ik nu wel een tweede en een derde keer na
Voordat ik er deze keer helemaal voor ga
Je hebt me laten zien dat sommigen mensen je helpen met opbouwen
Om vervolgens met je te gaan sjouwen

Om je daarna alleen te zien staan
Je eigen gedachten is iets wat je nooit zou mogen laten gaan
Ik word langzaam de persoon die je niet meer nodig heeft
Ik word de persoon die ik mijn leven met jou niet heb geleefd
-Delayla

Begrijp me

Als ik je ooit zou vertellen over mijn verleden
Met welke gevoelens ik heb gestreden
Is het niet omdat ik wil dat je medelijden hebt
Het is omdat ik wil dat je me begrijpt dat is mijn concept

De gevoelens van vroeger hebben veel veroorzaakt
Dat ik in een seconde een vooroordeel heb gemaakt
De angst voor nieuwe mensen ontmoeten
Ik kan ze niet zomaar begroeten

De trauma's die ik heb gehad in mijn leven
Een deel daarvan is in mijn hart gebleven
Ik heb met mezelf gestreden om ze te laten gaan
Maar toch wilde mijn hart ze laten staan

Ik kan het niet veranderen en ik hoop dat je het begrijpt
Als ik dan de verkeerde kant op loop hoop ik dat jij me vastgrijpt
-Delayla

Waarheid

Ik ken je niet ik heb nooit in jouw schoenen gestaan
Het leven is niet eerlijk het is beter om het soms te laten gaan
Een pijnlijk verleden dat je niet kan vergeven
De herinneringen die achter je aan blijven zweven

Je bent door een hel gegaan en je geeft je zelf de schuld
Het duurt nog even en dan wordt de waarheid onthuld
Je had geen hulp maar de tijd zou het leren
Of je uit eindelijk een pad met hen zou creëren

Maar als je nog ademt en door je donkerste dagen bent heen gekomen
Als je hart nog klopt dan zou het geluk nog kunnen stromen
Je hebt miljoenen redenen gehad om te buigen en te breken
Maar je leeft nog en dat is geen vergissing om even aandacht aan te schenken
-Delayla

Familie

We delen dezelfde oog kleur
En dezelfde achternaam
We deelden ooit dezelfde voordeur
Keken in de avond door hetzelfde raam
Wellicht delen we ook dezelfde pijn
Toch voelt het bij jou niet alsof ik mezelf kan zijn
-Delayla

Leren leven

Dat witte scherm en de schroeiende zon
En die eindterm als gegoten beton
De kille pijn en het zwarte voor mijn ogen
Steekt elke keer als een bewijs van onvermogen

Zouden wij het durven? Zouden wij het mogen?
Om los te laten en te confronteren
In plaats van alles weer te absorberen
Ik wil leren leven en accepteren en bewijzen
Dat het lot niet valt te fixeren
-Delayla

Ik en jij

Jij
Ik en jij
Zij en jij
Al die andere mensen en jij
Behalve mij
Zonder mij
Jij vergeet mij

Ik
Jij en ik
Jij bent mij vergeten
Zonder het te weten
Ik wil terug naar het verleden
Jij
Ik en jij
Jij en ik
-Delayla

Woede

De woede in je ogen
Versterkt de trillingen in jouw stem
Ik zie jouw handen beven
In gedachten zit je klem

Je voelt je in het nauw gedreven
De wanhoop is nabij
Een strijd met ongelijke wapens
Gaat de waanzin ooit voorbij

Elk mens heeft zijn gebreken
Niemand is volmaakt
Jouw strijd is nog niet gestreden
Zolang je de vrede je bewaakt
-Delayla

De maan

Mijn beste vriendin is de maan
Elke avond staat zij voor mij klaar
Ze is er wanneer ik haar nodig heb in het donkerste van de nacht
Ze is mijn zilveren lichtpuntje als ik de weg kwijt ben

En bij haar zijn mijn geheimen veilig
Ik wou dat ik met een ladder jou kon bezoeken
Want jij bent er altijd voor mij geweest
En je zult er ook altijd voor mij zijn
-Delayla

Goed gemutst

Je zet ondanks alle drempels
Altijd je beste beentje voor
Je houdt je staande in de chaos
En gaat dan goed gemutst weer door

Het lijkt soms kinderlijk eenvoudig
Als je aan de zijlijn staat
Vanaf een afstand soms zo simpel
Maar wij weten allemaal

Het voelt als duiken en struikelen
Als een sprint zonder eind
Terwijl er zo veel meer zou kunnen
Met wat extra steun en tijd

Maar onthoud tijdens het hollen
We doen dit samen niet alleen
En wat jij doet maakt echt een verschil
Voor de wereld om ons heen

Als we samen blijven zorgen
Dat jij kunt doen wat jij goed kan
Dan wordt de wereld om ons heen
Er een stukje beter van
-Delayla

Twijfels

Wat er nodig is herken jij
Ook al twijfel je soms best
Uiteindelijk wil ieder kind
Gewoon een veilig nest

Dus zoek en verbind je
Niet omdat het hoort of moet
Maar omdat liefde blind is
Voor afkomst kleur of bloed

Samen verder groeien
Niemand blijft alleen
Jij bewijst een ouder
Kun je zijn voor iedereen
-Delayla

Andere kant

Je verlangens
Twijfels en verdriet
Ze horen bij je
Al uit je ze niet

Je toont de wereld
Je stralende lach
Alsof je de andere kant
Eigenlijk niet uitbeelden mag

Maar ik zie het toch wel
Want ik ken jou
-Delayla

Schuilen

Kom bij mij schuilen
Want ik weet dat jij het even niet weet
Wie of wat de stormen blaast

Kom bij me bij dit blijvend hart
Er is genoeg plaats
En ik ken geen haast

Ik verzeker je je vond je weg
Het zoeken is voorbij
En ja thuis is een nieuw begrip
Maar het is er warm en het is van jou en mij
-Delayla

Fake friends

Ik heb fouten moeten maken
En die fouten maakten mij
De grootste fout die ik gemaakt heb
Is geloven wat je zei

Het liefst ben jij niet eerlijk
Dat is waar het nu op lijkt
Want je zag liegen als een hobby
Shit werd elke dag verdraait

Ik zou doodgaan voor die mensen
Maar nu zijn ze dood voor mij
Want de persoon daar in je ogen
Is niet degene aan je zij

Acceptatie is al daar
Maar kan niet dealen met gemis
'tDoet me pijn ik heb verdriet
Je kan het zien aan mijn gezicht

Ik ben vaker op mezelf
En dan lees ik je bericht
Te veel lasten op mijn schouders
Ik ben klaar met het gewicht

Ik ben wel klaar met veel meer dingen
Voel alleen maar slecht energie
Slechte zinnen op mijn tong
Ik blijf real dus vertel het niet
Vertrouw alleen mezelf
Maar ben ook zelf mijn grootste enemy
Ik wil zeggen dat ik lieg
Maar dit dit is reality
-Delayla

Leer moment

Ik lig soms wakker in mijn bed
De vragen spoken door mijn hoofd
Ik ben veranderd met de tijd
Ook ik ben liever alleen

Ook ik heb zo mijn zwaktes
Maar dat is niet wat ik toon
Diep van binnen toch gebroken
Maar van buiten als een steen

Ik praat niet graag over gevoelens
Maar die shit leg ik telkens weer bloot
Ik gun mezelf het allerminste
Wil het beste voor iedereen

Jij zegt dat jij dat ook wilt
Maar hoe kan ik jou geloven
Als jij het beste voor mij bent
En jezelf van mij ontneemt

Wees eens eerlijk naar jezelf toe
Of kan je dat niet zijn
En leef jij in je eigen wereld
Zonder schijntje van geluk

Want je loog al tegen mij
Toen je zei eerlijk te zijn
Ik werd daar gemaakt als persoon
Want dat moment maakte mij stuk

Geen addict je was mijn drugs
Ik ben bedrogen het voelt k*t
De hoop voelt als mislukt
Een hele hoop is ook mislukt

Mijn emoties onderdruk
Maar ik ben nooit aan de druk bezweken
Kijk tevreden naar mezelf
Ik heb mezelf alsnog bewezen

Maar er valt niets te bewijzen
Doe het toch niet eens voor jou
Die bedoeling had ik wel
Jij hebt me anders laten zien

Spijt dat ken ik weinig
Maar ik heb spijt van deze fout
Ik noem het een fout
Van jouw persoonlijkheid

Is dat een synoniem
Jij bent het liefste anoniem
Ik heb je gezicht alsnog gezien
Het is een masker wat je draagt

Jij hebt mijn liefde niet verdiend
Maar wel zeuren over mensen
Die niet echt zijn
De meeste doen je pas echt pijn
Maar jij jij bent zelf de grootste hypocriet
-Delayla

Opgroeien

Je groeide niet onder mijn hart
Maar in mijn hart nog elke dag
Mijn liefde voor jou is blijven groeien
Vanaf het moment dat ik je zag

Weet dat je hier jezelf mag zijn
En dat we voor je zorgen
Groei maar veilig groot bij mij
Voel je geliefd en geboren
-Delayla

Hoor me

Hoor me ook als jij niet altijd luistert
Hoor me daar waar ik stilval
Hoor me wanneer mijn woorden niet kunnen spreken
En de letters struikelen over mijn tong val

Hoor me

Hoor me een keertje
Ook wanneer ik fluister
Al is het heel zacht
Fluister

Wees een keertje
Niet de spreker
Ik wil dat je luistert
Ook als ik niet spreek
-Delayla

Bang voor het donker

Ik ben bang
Ik voel dat het weer die tijd is
De tijd waarin ik bang ben om alleen te zijn
Bang om een paniekaanval die elk moment kan toeslaan
De wereld begint te draaien Ik panikeer
Afleiding is het enige dat mij nog kan helpen
Gedachten krijgen dan geen kans om te bestaan
Want wat
Wat als dat niet lukt
Wat als die afleiding niet genoeg is
Wat als de gedachten in mijn hoofd mijn leven zullen lijden
Wat als
Een grote vraag zonder antwoord zal het niet zijn
Ik zweef
De gedachten nemen me over
Ik hyperventileer
Ademen is alles wat ik moet doen
Waarom lukt mij dit niet
Mijn handen en voeten tintelen
Iemand toon mij dat ik leef
Ik voel mijn hart kloppen
Zo luid dat ik mijn eigen stem niet meer hoor
Alles wordt heel nauw
Hoofdpijn
Krampen in mijn buik
Het wordt zwart voor mijn ogen
Ik ben bang
-Delayla

Fouten maken

Je mag fouten maken
Je mag je vergissen
Je mag de aap uithangen
Je hoeft echt niet perfect te zijn
Om graag gezien te worden

Je ziel wil leren en proeven
Van zoveel verschillende ervaringen
Waarin je jezelf mag ontdekken
Zonder oordeel

Proef van fouten maken
Proef van succes hebben
Proef van verdriet en verlies
Proef van glimlachen en vreugde

Proef van afwijzing en onenigheid
Proef van grote dromen en kleine wensen
Proef...
Proef en voel...

Blijf vooral dicht bij jezelf en
Proef van al het leven
Dat jij bent...
Het smaakt naar jou

Jij smaakt naar onvoorwaardelijke liefde
-Delayla

Verleden

Het spijt me
Nu pas besef ik
Ik benijd je

Jij zag het zo goed zitten
Terwijl ik alsmaar over fouten
Uit 't verleden zat te zaniken

Ik vergat de echte basis
Zag geen toekomst meer
Wat uiteraard dwaas is

Hoe kunnen fouten zo regeren
Maken dat je de andere
Al snel de rug toekeren

Een fout was een fout
Hadden een voorbije discussie
Ik heb nu zo'n spijt telkens als ik jou zie
-Delayla

Spiegel

Als ik in de spiegel kijk
Zie ik een trotse en mooie vrouw
Die het toch maar allemaal alleen doet
Vriendelijk eerlijk oprecht en trouw
Haar intenties en bedoelingen zijn goed

Met haar littekens fouten gebreken en oude pijn
Probeert ze positief en gelukkig in het leven te staan
Omdat ze graag volmondig wil leven en er wil zijn
Met andere wilt delen maar vooral voor haar eigen geluk wilt nagaan
-Delayla

Acceptatie

Het leven is accepteren
Dat dingen anders liepen als je wilde
Helaas wat je allemaal mee moest maken
Iedereen maakt fouten
Maar wat zijn fouten
Wat je uitstraalt trek je ook aan
Elk energieveld trekt zijn eigen mensen aan
Door je doen en laten Is het leven moeilijk? Nee!
Je maakt het moeilijk voor jezelf
Je blijft in je verleden hangen
Je gooit steeds modder voor je voeten
Hoe wil je dan vooruitkomen
Leer jezelf goed te waarderen
In elke vriendschap en relatie zit een leerproces
Schouders naar achteren en borst vooruit
Spreid nu maar je vleugels uit
Accepteren is alles loslaten
Volg je dromen en je hart
-Delayla

Spijt

Spijt van hoe het is gegaan in je leven
Had je sommige gebeurtenissen kunnen voorkomen?
Had je het anders aan kunnen pakken?

Spijt woont in je hoofd
En voedt zich met jou gedachten

Wat is geweest is geweest
Je kan het niet veranderen
Hoe hard je ook met je gedachten blijft proberen
Het is gewoon voorbij

Het heeft geen zin jezelf verwijten te maken
Leer van wat je overkomen is en maak jezelf daarna
Los van het verleden
-Delayla

Vertrouwen

Als je niet te vertrouwen bent
Voor degene die je goed kent
Wat doe je dat mens dan aan
Steeds weer vechten tegen een traan

Altijd maar weer opnieuw proberen
Ooit moet ook zij het leren
Maar wanneer komt die tijd
Heeft zij van al haar leugens spijt
-Delayla

Winter moeilijkheid

Het is weer eens even moeilijk
Het is buiten kouder
En gevoelens lijken niet meer te bestaan
Ik zweef Ik zweef rond tussen al deze emotieloze gebeurtenissen
Van dag naar dag
Van week naar week
En maand naar maand
Wachtend op een emotie om de hoek
Maar ik begin stilletjes aan te beseffen
Dat ik aan het wachten ben op hoeken in een cirkel
Op het leven voor de dood
Op emoties die zouden moeten ontstaan in mijn hersenen
Maar ik wacht vooral op het moment dat ik zal beseffen
Dat wachten op hoeken in een cirkel de moeite niet waard is
En je inziet dat een cirkel bestaat uit oneindig veel hoeken
Vermomd uit de angst hun emoties onder ogen te zien
-Delayla

Rustig aan

Ik weet niet of ik het erg vind
Ik voel me de laatste tijd gewoon zo anders
Anders dan dat ik me normaal zou voelen
Ik heb minder zin om met mensen af te spreken
Minder zin om dingen te doen
Ik geniet van mijn tijd alleen
Het is rustgevend
Ik spendeer uren in mijn bed
Ik lees een boek
Of ik schrijf Ik ben gelukkig
Denk ik
Ik ben niet zo heel zeker
Want waarom geniet ik minder van de mensen om mij heen
Waarom irriteer ik mij aan mijn vrienden die ik normaal liefheb
Dat zou toch niet de bedoeling mogen zijn
Ik weet niet of ik het erg vind
Want ik heb voor even weer rust binnenin mezelf gevonden
Ook al betekend dat dat ik de rust buiten mezelf heb verlaten
-Delayla

Teleur gesteld

Daar lag ik weer teleur gesteld in mijzelf
Tranen in mijn ogen
Gedachten in mijn hoofd
Hoelang heb ik mezelf al voorgelogen
Dat ontwijken de pijn verdoofd
Opnieuw doe ik een poging om te gaan Lichten doven
Mijn hoofd is verschrikkelijk moe
Maar toch blijf ik eindeloos mijn gedachtes volgen
Uren van verdriet zijn verstreken
Ik val in slaap
Even rust wordt mij gegund
Al had ik toch nog wel langer zonder gedachten gekund
-Delayla

Stres

Ik weet niet wat te doen met mezelf
De paniekaanvallen zijn weer terug
Tranen willen mijn lichaam verlaten
Maar het lukt niet niets lukt
Niets lukt zonder dat mijn hartslag op hol slaat
Niets lukt zonder dat ik me besef dat dit de realiteit is
Een realiteit waarin dit niet onbestaand is
Ik ervaar zoveel stres
Ik panikeer en weet niet hoe
Ik weet niet hoe ik hier mee om moet gaan
Hoe moet ik omgaan met stres die niet lijkt te stoppen
De stres die de adem van me wegneemt
De tranen moeten eruit Ik zoek naar een oplossing voor een moment rust
Ik ben op
Ik weet niet hoe ik hier mee om moet gaan
-Delayla

Hopen

Het maakt me niet uit dat ik haar heb toegelaten in mijn leven
Haar zoveel heb toevertrouwd
En dat zij dat niet serieus nam
Het maakt me wel uit dat ik dit steeds weer doe
In de hoop dat zij mij aandacht zou geven
In de hoop dat zij toont dat zij om me geeft
In de hoop dat de scenario's in mijn hoofd werkelijkheid zouden worden
Maar dat doet zij niet
En elke keer zink ik een beetje dieper
Afwachtend totdat zij mij komt redden
Maar dat gebeurt niet Ik zink en zink en zink
Mijn hoofd niet meer boven water
Gedachten stromen in het eindeloze zeewater
Mijn hoofd voelt zich herboren
Geen overheersende stemmen en gedachten
Even rust wordt mij gegund
Ik krijg geen adem
Hoofd weer onderwater
Niet meer snakkend naar jouw hulp
Want het voelt goed om
Niet meer te hoeven denken aan jou
Niet meer een overheersend gevoel van pijn
Ik geef het rust
Ik zink
En kom niet meer naar boven
-Delayla

Kleine stappen vooruit

Ik voel me niet altijd super
Soms vaker niet dan wel
Maar als ik terugkijk naar eventjes geleden
Dan ben ik blij met hoe ik me nu voel in mijn vel
Ik kan het weer aan om die sprong te wagen
Ik kan het weer aan om mezelf in de spiegel te zien
Zonder gevoelens van afkeuring
Zonder mezelf naar beneden te halen
Zonder zorgen Stilletjes haalde ik alle lakens van de verborgen spiegel
Die ik toen had opgehangen voor de angst mezelf te zien
Voor de angst te zien hoe andere mij zagen
Ik verwijderde de spiegel op de deur
Op de deur hing een spiegel een portaal naar zelfhaat
Dat portaal verander ik nu
Het is nu een opening naar zelfliefde
Want ja ik leer
Ik leer om mezelf weer graag te zien
En ben trots als ik weer heel eventjes terugdenk aan vroeger
Aan het proces dat ik heb doorstaan
Om hier nu op dit moment te staan
Ik sta hier vol liefde
Vol liefde naar andere en mezelf
Vol liefde voor het leven dat ik mag leven
Ik voel me niet altijd super
Maar dat doe ik toch steeds vaker wel
-Delayla

School

Langzaam kleurt mijn cijferlijst rood
Ik doe mijn best
Maar in hun ogen heb ik het al verkloot
Elke dag voelt als een test

Kan ik dit wel aan?
Is dit wel iets voor mij?
Zal ik zo ooit overgaan?
Wat is er mis met mij?

De dagen worden langer
Vrienden die geen vrienden meer zijn
Op school word ik alleen maar banger
Die muren maken mij klein

Ik wil niemand teleurstellen
Volgens mij heb ik het opgefokt
En ik blijf mezelf maar kwellen
Totdat ik door school ben opgeslokt
-Delayla

Naïviteit

Ik dacht echt
Dat jij anders was dan de rest
Ik nam het mijzelf voor
Voor mijn best

Het was naïef
Want jij bleek onbedoeld
Toch niet zo lief

Ik ben er weer ingetrapt
Het is mij weer geflikt
Hoe vaak moet ik nog op mijn bek gaan
Totdat het mij niet meer verstikt

Heb ik het dan nog steeds niet geleerd
Maar deze keer had ik er toch niet veel invloed op
Trek ik dan mensen aan die liegen
En bedriegen

Nooit iemands prioriteit
Ik ben het zat
Zat dat dit patroon
Altijd wordt hervat

En toch kan ik het niemand kwalijk nemen
Behalve mijzelf

Het is een reflectie van mij
Als ik mijzelf als prioriteit stel
Ben ik dan echt even vrij
-Delayla

Je zelf mogen zijn

Mijn blik dwaalt door de kamer
Losse blaadjes om mij heen
Maar de juiste woorden laten op zich wachten
Ik voel me soms alleen

Ik heb geen tekort aan vragen
Dus dat is niet het probleem
Maar de antwoorden ontlopen mijn gedachten
Zo zit het in mijn systeem

Als die meid die je kent
Niet de persoon is die ik ben
Waarom voel ik dan dat ik dat niet mag zijn
Het is de gedachten die ik steeds maar erken

Ik kan ook niet verwachten
Dat je hoort wat ik niet zeg
En zo eindigt het in slapeloze nachten
En blijft het een lange weg

Ik wil kunnen dansen en leven zonder angsten
Doen alsof er niemand kijkt
Waarom ben ik anders en draag ik vaak een masker
Wie zie je als je naar mij kijkt

Ik zwem in mijn emoties
In een storm op zware zee
Als ik eventjes niet vecht dan ga ik onder
Hielp iemand mij maar mee

Normaal blijf ik drijven
Maar de golven zijn te wild
Ik wou dat ik mezelf kon blijven
Dat is wat ik het liefste had gewild

Ik heb zolang geloofd
De held te moeten zijn
Altijd maar voorop
En dan alles tegelijk

Verliezen doe je toch
Al vechtend tegen de wind
Ik zeg geef je over
Tegen beter weten in

En nu ben ik dan volwassen
Of tenminste iets wat daarop lijkt
Ik durf eindelijk mezelf te zijn
Niemand pakt dat meer af van mij

Ik kan mezelf weer zijn
Door wat jij voor mij hebt gedaan
Jij zag mijn roep om hulp
Jij twijfelde geen moment en zei dit gaan we doen

Daar stond ik dan bij mijn helden op het podium
Het moment dat jij je arm om mij heen sloeg
Wist ik dat ik eindelijk mezelf mocht zijn
Het was een jarenlang gevecht wat ik nu eindelijk versloeg

Na een lange tijd was het moment daar
Ik verliet die donkere kast
Ik was eruit en man wat voelt dat raar
Het is zo fijn dat ik daar niet meer in pas

Hoe kan ik jullie ooit bedanken
Ik kan het niet in woorden beschrijven
Hoeveel dit moment voor mij betekend
Dat dit moment voor altijd bij mij mag blijven
-Delayla

Self-love

Het is tijd voor jou
Het is tijd dat je je zelf op een gaat zetten
En dat je je zelf liefhebben zou
Dat je jezelf de liefde gaat geven die jij verdient

Jij bent zoveel meer waard
Dan jij nu laat merken
Ik weet
Dat je veel gebeurtenissen hebt
Die je moet verwerken

Geef jezelf de tijd
Geef jezelf wat je verdient
Cijfer jezelf niet meer weg
Ook jij bent het waard

Ik hoop dat je de liefde
Voor jezelf hebt bewaard

Laat jezelf niet in situaties belanden
Die niet goed voor jou zijn
Je verdient meer dan dat
Ondanks je dat soms vergat

Als iemand dit niet inziet
Of jou dat kan geven
Laat hem los
Zij zijn jou niet waard
Stap hieruit
Voordat je weer dezelfde situatie ervaart

Je mag je shit voelen
Om dingen die niet hebben gewerkt
Maar onthoud ook hier;
Dit is voor een reden
En dit heb je (on)bewust al opgemerkt

Het wordt beter
Maar ook dit proces begint
Bij jezelf als prioriteit te stellen
En jezelf niet te laten beknellen

Deze stap is moeilijk
Maar ook dit kan jij

Kijk waar je al voor hebt gevochten
En hoe ver je bent gekomen

Als jij
Jou de tijd en de liefde geeft
Die jij nodig hebt
Zal de rest vanzelf komen
-Delayla

Reminder

Ga leven
In plaats van te overleven

Wordt alles je te veel
Neem een stap terug
En bekijk het geheel

Het is niet zo erg als je denkt
De anxiety neemt jouw gedachtes over
Ga terug naar de basis
En laat alles los waar je aan denkt

Geniet van de kleine dingen
Je bent gezegend
Met de liefde waar je jezelf
In kan wringen

Onthoud
Jouw energie is heilig
Ga er voorzichtig mee om
Bescherm het wederom

Leef in het nu
In het moment
Dat is alles
Wat je op dit moment bent
-Delayla

Ontkenningsfase

Ik mis je niet
Ik vind het gewoon jammer dat je er niet bent
Ik mis je niet
Maar bij jou was alles zo bekend

Ik mis je niet
Zou dit het liefste wel met je willen delen
Ik mis je niet
Het kan me oprecht weinig schelen

Ik mis je niet
Het is alleen zwaar
Ik mis je niet
Zonder jou voelt alles best raar
-Delayla

Bindingsangst

Als jij mij tekst
Doe ik kortaf
Ik maak een muur
En baken me van je af

Attachment issues?
Of niet
Vind ik je leuk?
Of ben ik bang dat ik het verneuk?

Een blokkade voor mensen maken
Ze uit mijn leven verwijderen
Zodat ze mij niet kunnen raken

Bij jou wil ik het niet
Maar het gebeurt met verdriet

Gevoelens afvlakken
Blokkade bouwen
Emoties uitzetten
En erom rouwen
-delayla

Selfsabotage

Heb ik zelf in de hand
En toch voelt de kut
Maar ook vertrouwt in niemandsland

De blokkade opbouwen
Om jou pijn te doen
Zodat je vanzelf verdwijnt
En ik dat niet hoef te doen

Geen keuze durven maken
Bang zijn om de verkeerde te maken
En vast te zitten
Aan iemand die mij kan raken

Opzoek naar roden vlaggen
Zodat ik voor je weg kan rennen
Om jou niet verder te leren kennen

Aan mezelf twijfelen
Ik ben meer gebroken dan ik dacht
Trauma's hebben mij meer gedaan
Dan ik had verwacht

Deur open
Deur dicht
Hart gesloten
En niet meer in jou zicht

Niet eerlijk tegen over jou
Jij verdient dit niet
Dus ik laat je gaan en gauw
-Delayla

Wijs gemaakt

Even had ik mezelf wijs gemaakt dat het me niets meer deed
Of ik je nu hoor of niet
Of je mij nu wilt horen of niet
Ik begon het te geloven
Het was een fijn gevoel wat niet lang heeft mogen bestaan
Want plots kwam ik je weer tegen
Contact wou ik niet
Ik wou niet opnieuw verstrengeld raken
In diezelfde vasthakende klimop
Maar daarvoor was het al te laat
Oogcontact was het enige wat nodig was
Hier ben ik opnieuw
Verstrengeld in jouw aanwezigheid
Misschien vind ik deze keer een snellere manier naar buiten
Ook al is die klimop de enige plek waar ik nu wil zijn
Ik ben het mezelf verschuldigd
Om niet weer die persoon van een halfjaar geleden te zijn
-Delayla

Emoties onder controle

En voor het eerst
Voor het eerst had ik weer het gevoel mijn emoties onder controle te hebben
Er werd niet meer gesproken in extremen
Gewoon gevoelens
Zoals elk ander ze leek te ervaren
Ik was er en ik was gelukkig
Zonder achteraf extreme triestigheid te hoeven voelen
Zonder dat alles zo tegenstrijder hoeft te zijn
Ik was er ik was gelukkig
Met achteraf een terugblik op dat wat zo mooi was
En een vooruitzicht op dat wat zelfs mooier kan zijn
Of op dat wat me zal pijnigen
Maar niet extreem
Allemaal in gelijke maten
En voor het eerst had ik weer het gevoel mijn emoties onder controle te hebben
-Delayla

Gekwetst

Je hebt me zo vaak gekwetst
Zoveel uren verspild aan tranen die ontstonden
Bij de gedachten aan jou daden
Maar jij
Jij had niets door
Niet door hoe hard je me kwetste nog steeds niet
Zo zou het niet mogen zijn
Elke keer hopend dat dit de laatste keer zou is
De laatste keer dat ik me zo voel door wat jij doet
Maar keer op keer
Daad na daad
Stel je me weer teleur
Stel ik mezelf weer teleur
Wat had ik dan verwacht
Dat je zou stoppen terwijl je niet eens door hebt dat je mij kwetst
Ja
Ja dat hoopte ik
Want hoe kan iemand zo gevoelig
Niet merken wat dat zij doet gevoelloos is
Je hebt me zo vaak gekwetst
En wat ik me het meeste beklaag
Ik heb mezelf zo vaak gekwetst door niet eerder bij je weg te gaan
-Delayla

Moe

Ik ben zo moe
Maar slapen kan ik niet
Ogen gaan toe gedachten blijven lopen
Een geest die rust wil
Krijgt niets anders dan een geheugen vol gedachten
Waarvan men denkt dat het nodig is ze op te halen
Midden in de nacht
Juist wanneer ik wil slapen
Ik ben zo moe
De gedachten blijven komen
Slapen lukt me maar niet
Ik blijf er over dagdromen
-Delayla

Gebroken dromen

In de schaduw van het zelf een spiegelbeeld zo kil
Daar weerspiegelt zich de pijn een innerlijke grill
Wat doet nu het meeste pijn vraag ik me af
In de spiegel kijken een mislukking een hart dat treft

De reflectie liegt niet onverbiddelijk en puur
Een spiegelbeeld van twijfel een ziel die smeekt om vuur
De ogen vertellen verhalen van gebroken dromen
Een dans van zelftwijfel in stille nachten zonder schromen

Wat doet nu het meeste pijn in dat moment van waarheid?
De confrontatie met de fouten de onvolkomenheid
De spiegel spreekt de waarheid al is het hard te horen
Een innerlijke storm een verlangen naar een beter morgen

Maar in die diepten van de pijn ontstaat een kracht
Een wil om op te staan ondanks de innerlijke smacht
Mislukking is een woord geen definitie van het leven
Een kans om te groeien om weer hoop te geven

Dus kijk in de spiegel zie de waarheid onder ogen
Laat de pijn transformeren laat het niet vervagen
Ontdek de kracht in de gebrokenheid een kans om op te staan
Want in de spiegel van het leven kan een nieuwe start ontstaan
Dansen met uitdagingen

In de stilte van de strijd een echo van kracht
Zonder worsteling geen vooruitgang zo is de pracht
In elke uitdaging schuilt een weg naar groei
Een reis van doorzettingsvermogen een stroom van zelfontplooi

De strijd vormt de kaders van ons bestaan
Een canvas van lessen waarop de tijd kan vergaan
Geen roos zonder doornen geen berg zonder steil pad
Het zijn de hindernissen die kleur geven aan het verhaal dat we omarmen

In tranen van inspanning en zweet van pijn
Ontluikt de bloem van doorzettingsvermogen zo fijn
Geen horizon onbereikbaar voor wie volhardt
In de taal van moeilijkheden wordt het succes vergaard

Zonder strijd een stilstaand panorama
Maar met elke confrontatie wordt het leven een drama
Een symfonie van opstaan na elke val
De weg naar vooruitgang de essentie van allemaal

Dus omarm de uitdagingen als een vriend
In de strijd ligt de sleutel tot wat het leven verdient
Zonder weerstand geen vooruitgang houd dat vast
Want in de dans van de strijd ontvouwt zich het verleden en wordt de toekomst vast gepast
-Delayla

Concentreren op mezelf

In de spiegel van het zelf een heldere reflectie
Concentreer je op wat je bent in alle introspectie
Niet verloren in de schaduw van ontbrekende facetten
Maar omarm de pracht van wie je bent zonder te vergeten

Laat de kritiek van 'niet zijn' als wind voorbijgaan
Jouw wezen is uniek laat het voluit bestaan
In de symfonie van eigenheid speel je de melodie
Concentreer je op jezelf in volle harmonie

Niet de echo van afwezigheid moet klinken
Maar de kracht van jouw aanwezigheid laten blinken
Geef aandacht aan de kleuren die jou definiëren
In plaats van te dwalen in de schaduwen die verloren schijnen

Het heden is de canvas de toekomst het doek
Concentreer je op jouw kunst met een sterke vloek
De beperkingen zijn slechts contouren van het moment
Richt je blik op wat je bent in al je eigenheid zo ongekend

Dus in de spiegel van reflectie zie jezelf met kracht
Concentreer je op de essentie in alle pracht
Want in de viering van wie je bent ontspringt de krachtigste stroom
Concentreer je op jouw zijn en laat de rest verstommen
-Delayla

Zucht naar rust

In de schaduw van vermoeidheid een zwaar gemoed
Ik ben gewoon moe moe van alles moe van het goed
De last van gevoelens een loodzware vracht
Emoties als golven onverwacht en onverzacht

Moe van de mensen hun verwachtingen en woord
In de menigte voel ik me soms verloren verstoord
De inspanning van proberen een eindeloze reis
Op zoek naar rust in een wereld vol herrie en prijs

En moe van mezelf in mijn eigen innerlijke strijd
Een vermoeidheid die zich nestelt in elke schaduw en elk tijd
De spiegel reflecteert een wezen datploetert
In een doolhof van gedachten dat steeds meer fluistert

Maar in de vermoeidheid gloort een stille kracht
Een erkenning van grenzen een verademende pracht
Laat de last vallen heel zachtjes een voor een
En geef jezelf de rust die je verdient alleen

Want moe zijn is menselijk een tijdelijke staat
Laat de vermoeidheid rusten open de poort naar de ruststraat
In de stilte van de vermoeidheid vindt de ziel haar adem
En ontwaakt als een feniks herboren uit haar eigen strem
-Delayla

Zichtbare wereld

In de stilte van mijn wezen een kalme zee
Ik was stil maar ik was niet blind zie
Achter mijn rustige blik een oceaan van gedachten
Geen woorden maar de waarheid ligt in mijn wachten

Onder het oppervlak van mijn zwijgen een wereld ontvouwt
Verhalen van observatie waar de stilte in mij houdt
Ik zag de kleuren van het leven het donker en het licht
In stilte groeide begrip een innerlijk gezicht

Ik was stil maar niet onwetend niet onverschillig
Mijn zintuigen scherper dan de pen die schrijft bedillig
Geen woorden nodig om te begrijpen om te zien
In mijn stilte ligt de kracht van wat ik schien

De stilte sprak met een stem die fluistert
Geen oordeel maar begrip dat in stilte luistert
Dus onderschat niet de kracht van mijn rust
In de stilte zie je soms meer dan je verwacht bewust

Ik was stil maar ik was niet blind aanschouw
De wereld in mijn stilte een woordeloze schouw
In de stille observatie ligt de wijsheid verscholen
Ik was stil en in die stilte heb ik veel opgerold
-Delayla

Het verdriet dat blijft

In het stille rijk van acceptatie een rustige zucht
Ik heb het al geaccepteerd maar het verdriet fluistert zacht
Een weemoedige echo diep van binnen weerklinkt
Ondanks de acceptatie het verdriet in mijn hart blinkt

De tijd heeft zijn gang gegaan ik heb het laten varen
Maar soms steekt het verdriet de kop op zonder bedaren
Een emotionele schaduw in het licht van aanvaarding
Ik heb het geaccepteerd maar het verdriet blijft in mijn beleving

De tranen zijn opgedroogd de storm lijkt voorbij
Toch voel ik soms nog de regendruppels als een stille schreeuw om mij
De kracht van acceptatie een medicijn voor de ziel
Maar het verdriet als een oude vriend blijft soms subtiel

Ik draag het met gratie dit samenspel van pijn en vree
Ik heb het al geaccepteerd maar het verdriet reist met me mee
Een melancholische dans in het theater van het hart
Acceptatie en verdriet hand in hand als een kunstig geschilderde smart

Dus rustig adem ik in en laat de emoties stromen
Ik heb het al geaccepteerd maar het verdriet blijft komen
Een deel van mijn verhaal ingebed in mijn lach
Ik heb het geaccepteerd maar het verdriet is soms nog een stille kracht
-Delayla

Het spoor van herinneringen

Herinneringen als vluchtige schimmen
Verdampend in de tijd als stille zwemmen
Mensen veranderen als seizoenen in hun loop
Herinneringen vervagen als golven in de goot

In de weefsels van de tijd rafelt het verleden
Herinneringen vervliegen als zand in de westenwind
Gezichten vervagen als zonsondergangen in de avond
Het heden sluit de deur de herinnering wordt verzwond

Een lach een traan vervaagt als ochtenddauw
Herinneringen blijven niet slechts een vluchtige rouw
De tijd weeft zijn web ongrijpbaar en snel
Herinneringen verdwijnen als een fluistering in een schelp

Toch blijft de essentie in de harten bewaard
Herinneringen mogen vervagen maar de liefde is onvervaard
In de stille kamers van het geheugen blijft een echo
Herinneringen vervliegen maar de impact blijft als een speeldoosje

Dus koester het nu terwijl het nog bestaat
Want herinneringen vervliegen als een zomerbries zo zacht
Mensen veranderen de tijd vervaagt het beeld
Maar de liefde die in herinneringen leeft blijft als een kostbaar juweel
-Delayla

Het besef van tijdelijkheid

In het stille rijk van verwachting
Was jij een hoofdstuk niet slechts een bijzaak
Pijnlijk wordt de waarheid onthuld
Tijdelijkheid in wat eens eeuwig leek nu betreurd

Als een bloem die verwelkt in de herfst
Was onze connectie een tijdelijke geest
In de schaduwen van hoop vervagen dromen
Pijn sijpelt binnen zoals stille stromen

Ik dacht dat je mijn constante zou zijn
Een permanente ster in een donkere schijn
Maar het lot had andere plannen in de wind
Pijnlijk besef van wat eens zo diep bemind

Het is als dansen op een vluchtig koord
Een illusie van eeuwigheid nu verstoord
Tijden veranderen mensen bewegen voort
Wat ooit blijvend leek werd snel verstoord

De pijn als een zacht huilen van de wind
Verwarring in het hart waar liefde begint
Tijdelijkheid in een wereld van schijn
Pijnlijk besef van wat ooit de onze scheen

Maar in de pijn ligt een les begraven
Van groei van kracht in de donkerste graven
Het was tijdelijk maar niet tevergeefs
De littekens getuigen van wat ooit was gehecht
-Delayla

Het zachte hart

Van een zacht hart een stille gave
Niet altijd geliefd maar een zegen in het brave
Het geeft zonder voorwaarden een teder gebaar
Maar soms raakt het gewend in de stroom van elkaar

Het zachte hart als een open boek
Bladzijden van liefde soms zonder hoek
Maar onbegrepen in de wereld van de harde klank
Raakt het gewend aan een eenzame wandeling langs de oeverbank

Toch blijft het zachte hart vol mededogen slaan
Als een melodie in een stille nacht zonder waan
Het leert zich te beschermen zonder zijn aard te verliezen
In de schaduw van teleurstelling een zacht licht laat het verkiezen

Van een zacht hart wordt niet altijd gehouden
Maar het blijft kloppen als een lied in de avondrood
Het raakt gewend aan de eb en vloed van het gemoed
En vindt zijn kracht in de stille overvloed

Dus van een zacht hart laat het lied zingen
Ondanks de stormen de klappen het onverwachte dwingen
Want in de wereld van harde slagen wordt soms vergeten
Dat een zacht hart blijft kloppen als een liefdevol etiket
-Delayla

Ode aan mijzelf

In de spiegel van zelfliefde een belangrijke start
Wees altijd de eerste persoon die van jezelf houdt met hart
Geef je ziel de warmte van acceptatie
Want in je eigen liefde schuilt de grootste gratie

Laat je glimlach het begin zijn van een liefdesverhaal
Een oase van zelfwaardering waar je nooit verdwaalt
Wees de eerste die zegt: "Ik ben waardevol ik ben genoeg"
In de symfonie van zelfliefde is jouw stem de hoogste roep

Laat zelfliefde bloeien als een tuin in de lente
In het hart van compassie een onuitputtelijke bron van kracht en rente
Wees de eerste die ziet: "Ik ben uniek een meesterwerk"
En omarm jezelf in elke stap in elk levensstukje

In de dans van het leven wees jouw eigen partner
Wees altijd de eerste die van zichzelf houdt zonder harter
Laat de liefde voor jezelf als een rivier stromen
En zie hoe het de omliggende oevers doet dromen

Dus wees de eerste die van jezelf houdt met vuur
In de kunst van zelfliefde ben jij de schilder en de sculpteur
Want wanneer je van jezelf houdt met pure intentie
Stralen de kleuren van liefde een eindeloze creatie
-Delayla

De kracht van nu

In de schaduw van vandaag een stem van wijsheid spreekt
Doe het voor je toekomstige zelf de weg die je betreedt
Plant de zaden van inspanning in de tuin van het nu
Voor een oogst van voldoening een toekomstig aanzicht een zuivere klauw

Doe het voor je toekomstige zelf een mantra van kracht
Werk aan dromen hoe groot of zacht
Elke stap die je zet elke keuze die je maakt
Is een gift aan degene die de toekomstige weg ontwaakt

Leg de fundamenten van moed bouw bruggen van hoop
Voor je toekomstige zelf in de spiraal van de loop
De last van vandaag is de erfenis van morgen
Dus draag hem met liefde zonder te bezwijken of te verzorgen

Doe het voor je toekomstige zelf als een belofte aan de wind
Dat elke inspanning elk offer een nieuwe weg vindt
Laat het verleden je gids zijn maar niet je gevangene
Voor je toekomstige zelf weef een verhaal als een serene

In het weefsel van de tijd in het heden verweven
Doe het voor je toekomstige zelf met hoop verheven
Want elke daad van nu is een geschenk in de schoot
Voor je toekomstige zelf die zal dansen in het licht van het lot
-Delayla

Ik ben eerst van mij

In de stilte van het zelf een echo van waarheid
Ik ben eerst van mij een fundamenteel bescheid
Geen eigendom van een ander geen keten of touw
In de dans van onafhankelijkheid vind ik mijn vertrouw

Ik ben eerst van mij als een zon in mijn hemel
Geen schaduw van bezit geen aards gewemel
Mijn hart is een tempel mijn ziel een eigen domein
In de symfonie van zelfliefde ben ik de enige soeverein

Maar in verbinding met anderen ontstaat een delicaat spel
Ik ben eerst van mij maar deel mijn wezen wel
Een samenspel van vrijheid geen gevangenis van plicht
In liefde en respect vind ik het evenwicht

Ik ben eerst van mij mijn eigen verhaal
In de dans van vrijheid vind ik mijn ritueel
Geen onderwerping geen ketting of band
Ik ben eerst van mij in dit zelfstandige verband

Dus laat de wereld weten in dit zelfbewuste spreken
Ik ben eerst van mij mijn eigen meesterstuk mijn eigen teken
In de symfonie van eigenliefde klinkt mijn eigen melodie
Ik ben eerst van mij in dit zelfverzekerde levensverhaal
-Delayla

De kracht van zelf liefde

In het stille rijk van zelfwaardering een innerlijke waarheid
Uw eigen goedkeuring is alles wat u nodig heeft met geleidelijkheid
Laat de echo's van eigenliefde weerklinken als een zachte zucht
In de dans van zelfacceptatie is uw goedkeuring genoeg gevlucht

Laat niet de buitenwereld dicteren uw waarde en uw kracht
Uw eigen goedkeuring is het anker in de stroom van eigen pracht
In de spiegel van zelfliefde weerkaatsen de ogen van vertrouwen
Uw goedkeuring is een toren die in eigenwaarde is opgebouwd

Laat de innerlijke stem spreken met een positieve klank
Uw eigen goedkeuring is de sleutel de poort naar innerlijke dank
In de tuin van zelfcompassie bloeien de bloemen van rust
Uw goedkeuring is het water dat hun dorst blust

Uw eigen goedkeuring is de maatstaf de leidraad van het hart
Laat het niet vervagen laat het niet in de schaduw apart
In de wereld van zelfvalidatie bent u de enige jury
Uw eigen goedkeuring is alles de krachtigste zuil een innerlijke glorie

Dus omarm uzelf met mildheid in deze levensreis
Uw eigen goedkeuring is alles het medicijn voor elk gemis
In de symfonie van zelfacceptatie weerklinkt uw eigen melodie
Uw goedkeuring is voldoende een onverwoestbare harmonie
-Delayla

Wees je eigen reden

In het licht van de ochtend een eenvoudig gebod
Wees je eigen reden om te glimlachen een innerlijke trots
Laat de zon van zelfliefde op je gezicht schijnen
In de dans van het leven laat je eigen glimlach bloeien

Laat het niet afhangen van de buitenwereld de lach op je lippen
Wees je eigen reden om te glimlachen laat het beginnen
In de storm van het dagelijkse leven in elke werveling
Wees je eigen zonneschijn je eigen stralende verschijning

Zie de schoonheid in kleine momenten in de dagelijkse gloed
Wees je eigen reden om te glimlachen in overvloed
Laat de kracht van positiviteit je binnenste vullen
In je eigen glimlach vind de vreugde diep verscholen

Wees je eigen reden om te glimlachen in vreugde en pijn
In de cirkel van emoties laat je eigen glimlach schijnen
Het is geen afhankelijkheid maar een innerlijke keuze
Wees je eigen reden om te glimlachen een constante zoete melodie

Dus in de spiegel van zelfreflectie laat het gezicht stralen
Wees je eigen reden om te glimlachen zonder falen
In de stroom van het leven een eenvoudige kracht
Je eigen reden om te glimlachen in elke levenspracht
-Delayla

Een dans met zelfliefde

In de tuin van zelfliefde een waarheid zo puur
Laat onzekerheid niet de schoonheid bepalen zuiver en puur
Je bent geboren met een glans een unieke pracht
Laat twijfel niet de kleuren vervagen de schittering van kracht

In de spiegel van zelfreflectie zie jezelf met mildheid
Laat onzekerheid niet de kunstwerken beoordelen de schoonheid in tederheid
Je bent een meesterwerk een kunstwerk van het leven
Laat geen schaduw van twijfel de prachtige vormen verdrijven

Laat onzekerheid niet de regisseur zijn van jouw verhaal
Je bent een ster laat de schittering niet verdwalen hoe klein of grootschalig het doel
In de symfonie van zelfwaardering speel je de melodie
Laat onzekerheid niet de dirigent zijn maar dans met je eigen energie

Laat onzekerheid niet de maatstaf zijn voor jouw waarde
Je bent kostbaar uniek in deze wereld een speciale aarde
Laat geen twijfel de bloemen van zelfliefde verdrukken
Want in jouw essentie in jouw wezen schuilt een eindeloze rukken

Dus omarm jezelf met de warmte van acceptatie
Laat onzekerheid niet de gids zijn maar een zachte sensatie
Je bent geboren met schoonheid datplooi niet voor onzekerheid
In de dans van zelfliefde blijf stralen met vastberadenheid
-Delayla

Een dialoog met jezelf

In de stille kamers van zelfgesprek een liefdevol besluit
Praat tegen jezelf als iemand van wie je houdt zonder geluid
Laat de woorden stromen als een zachte melodie
In de taal van vriendelijkheid vind je innerlijke harmonie

Wees je eigen kompas je eigen gids
Praat tegen jezelf met zachtheid in het daglicht en het duister mids
In de spiegel van zelfreflectie een vriendelijke blik
Laat de stem van liefde weerklinken als een warm muzikaal klik

Soms zijn we streng voor onszelf onbedoeld hard
Praat tegen jezelf als iemand van wie je houdt met een liefdevol hart
Laat de taal van compassie de innerlijke dialoog verrijken
In de symfonie van zelfliefde zijn je woorden als zachte zijde fijn geweven

Geef jezelf troost in tijden van verdriet
Praat tegen jezelf met begrip zoals een geliefde dat ziet
In de complexiteit van het leven vind eenvoud in je praten
Laat de stem van vriendelijkheid je ziel omarmen zonder verzachten

Dus praat tegen jezelf als iemand van wie je houdt
Laat de woorden dansen als een zorgeloze klank in het woud
In de dialoog met jezelf in de stille momenten wees zacht
Want praten met liefde is een kunst waarvan jezelf de meester verwacht
-Delayla

Een levenslang meesterwerk

In het doolhof van het bestaan een zoektocht zo wijd
Het leven gaat niet over het vinden van jezelf maar het creëren van jezelf met strijd
Geen statisch portret maar een evoluerend doek
Waarop je elke dag schildert met een penseel van hoop

Laat het pad je vormen als klei in de hand
Het leven gaat niet over vinden maar creëren zo verband
Vorm jezelf in de smeltkroes van ervaring
En ontdek de kunst van transformatie een waar avontuur

Elke keuze is een penseelstreek een kleur in je palet
Het leven gaat niet over vinden maar creëren vastgezet
In de dans van groei onthul je ware gelaat
Schilder de contouren van jezelf met liefde en daadkracht

Weef de draden van passie in het weefsel van je bestaan
Het leven gaat niet over vinden maar creëren een kunstenaarsbaan
Laat de kunst van ontdekking je leiden
En creëer jezelf met elk moment in het heden

Dus omarm de creatieve kracht die in je woont
Het leven gaat niet over vinden maar creëren zo wordt getoond
In de galerij van het leven een meesterwerk ontstaat
Geschapen door jou met liefde en toegewijde daad
-Delayla

Stop met krimpen en groei

In de schaduw van zelfaanpassing een stille strijd
Stop met het krimpen om te passen laat de moed spreiden
Op plekken waar je ontgroeid bent laat jezelf bloeien
Want ware groei komt voort uit zelfliefde zonder boeien

Laat de ketenen van conformiteit breken
Stop met het krimpen durf jezelf te ontdekken
Op plekken waar je wortels willen uitbreiden
Laat jezelf groter worden in de ruimte der tijden

Wees niet langer een schaduw van wie je bent
Stop met het krimpen laat je eigen stem klinken resoluut en onbekend
Op plekken waar je authenticiteit schittert
Laat jezelf stralen zonder dat iemand beknibbelt

Het leven is te kort om te passen in andermans mal
Stop met het krimpen sta op sta pal
Op plekken waar je eigenheid vraagt om ruimte
Laat jezelf groeien in je eigen tempo met liefde en aandacht

Dus stop met het krimpen om te passen wees groots
Op plekken waar je wilt bloeien waar je hart naar trots roept
Laat de wereld zien wie je werkelijk bent
Want stoppen met krimpen is het begin van je eigen avontuur ongekend
-Delayla

De schoonheid van eenvoud

In de eenvoud van je wezen een stralende gloed
Je eenvoud maakt je mooi zoals een zonsopgang zo zoet
Geen franje geen opsmuk puur en onverdund
In je simpele pracht wordt schoonheid nu onthuld

Laat de wereld zien dat grootsheid niet altijd complex is
Je eenvoud maakt je mooi als een onverwacht gemis
Een glimlach zonder franje een ogenblik van puurheid
In de stille elegantie van jezelf ligt de echte schoonheid

Je eenvoud maakt je mooi als een bloem die ontspringt
In de tuin van het leven waar authenticiteit zingt
Geen masker geen camouflage maar de waarheid van je zijn
In je eenvoud schuilt een schoonheid zo zuiver en fijn

Laat de wereld niet de betekenis van je schoonheid vervagen
Je eenvoud maakt je mooi als een lied dat blijft dagen
Een herinnering aan de essentie aan de pure bron
In je eenvoud ben je prachtig als de opkomende zon

Dus koester je eenvoud als een schat diep van binnen
Je eenvoud maakt je mooi laat de wereld je winnen
In de spiegel van zelfliefde weerspiegelt de waarheid zich
Je eenvoud maakt je mooi een tijdloze en blijvende cliché
-Delayla

Het mooiste accessoire

In de garderobe van het leven een waardevol stuk
Het mooiste wat je kunt dragen is zelfvertrouwen een sprankelend geluk
Geen stof geen sieraden geen uiterlijk vertoon
Maar het zelfvertrouwen als een koningsmantel zo schoon

Laat het stralen als de zon op een heldere dag
Zelfvertrouwen als een mode-accessoire zonder verval
Geen outfit kan wedijveren met deze innerlijke kracht
Het mooiste wat je kunt dragen is het zelfvertrouwen dat lacht

In de spiegel van eigenwaarde weerspiegelt het pure pracht
Het mooiste wat je kunt dragen is zelfvertrouwen dag na dag
Geen maat geen trend geen opsmuk of tierelantijn
Zelfvertrouwen siert als een tijdloze lijn

Laat het resoneren als een melodie in je hart
Het mooiste wat je kunt dragen is zelfvertrouwen een kunst
Geen enkel ensemble kan rivaliseren
Met de gratie en de charme die zelfvertrouwen kan genereren

Dus kleed jezelf in deze onzichtbare schat
Het mooiste wat je kunt dragen is zelfvertrouwen dat
In de modeshow van het leven straal met gratie en schijn
Want zelfvertrouwen is het mooiste in elke tijdlijn
-Delayla

Een innerlijke reis

In de stille nacht van verlangen een zachte zucht
Ik wilde gewoon dat iemand van me hield een hartelijke klucht
Een diep verlangen als een melodie in de wind
Ik wilde gewoon liefde eenvoudig ongekunsteld bemind

De sterren getuigen van mijn eenzame wens
Ik wilde gewoon dat iemand van me hield in intens
Een simpel verlangen als een kaars in het donker
Ik wilde gewoon liefde als een blijvende vonker

In de stille kamers van het hart een stil gefluister
Ik wilde gewoon dat iemand van me hield als een balsem als een luister
Een oprechte wens als een regen in de droogte
Ik wilde gewoon liefde zonder enige tocht

Maar dan ontdekte ik de waarheid diep van binnen
Ik hoefde niet te wachten op liefde van buiten
Ik begon van mezelf te houden stap voor stap
En ontdekte dat de ware liefde in mij begon als een wonderlijke knap

Dus nu in de stilte van zelfacceptatie begrijp ik
Dat ik niet enkel wilde dat iemand van me hield als een sierlijke clip
Want ik ben genoeg en ik houd van mezelf met kracht
En dat is de mooiste liefde diep en onverwacht
-Delayla

Het is wat het is

In de schaduw van realiteit een waarheid zo kaal
Het is wat het is en dat doet pijn als een bitter verhaal
Geen omwegen geen verzachting van de realiteit
In de diepte van de pijn een zware werkelijkheid

Soms slaat het leven als een onverwachte storm
Het is wat het is en dat doet pijn als een innerlijke vorm
Geen suikercoating geen verhullende schijn
In het weefsel van de pijn een onontkoombaar schrijn

Laat de waarheid zinderen als een scherpe lucht
Het is wat het is en dat doet pijn als een diepe zucht
Geen ontkenning geen ontwijken van de feiten
In de kern van de pijn blijft het verdriet pleiten

Toch draag het met gratie deze last van pijn
Het is wat het is en dat doet pijn als een rauw festijn
Geen ontkomen aan geen illusie van spijt
In het rauwe licht van waarheid komt de pijn tot haar eigenheid

Laat het zijn zonder verzet zonder verweer
Het is wat het is en dat doet pijn als een traan in de sfeer
Maar in het rauwe omhelzen van wat werkelijk is
Kan de pijn transformeren naar een diep innerlijk gemis
-Delayla

Na al die tijd

Na al die tijd een echo van de vergeten dagen
Vraag ik me nog steeds af hoe het met je gaat in stille vraagtekenslagen
Een zachte wind van nieuwsgierigheid na zoveel jaar
In de stilte van herinneringen zoek ik naar een antwoord klaar

In de tijd verweven als draden in een web
Na al die tijd blijft de vraag: "Hoe gaat het?" als een levensstip oprecht
Een connectie die vervaagt maar niet geheel verdwijnt
In de schaduwen van gedeelde momenten blijft de vraag als een herinneringsplein

Soms vraag ik me af in het donker van de nacht
Na al die tijd hoe het met je gaat een gedachte die zacht
Een wens voor welzijn een stille hoop
In het weefsel van verleden blijft de vraag als een fluisterende roep

Misschien bereikt mijn gedachte je ooit als een zachte groet
Na al die tijd vraag ik me nog steeds af hoe het met je gaat zoals het moet
Een draad van verbondenheid die niet is verbroken
In de stille gangen van herinnering blijft de vraag ongesproken
-Delayla

De moeilijke reis van vertrouwen

In de schaduw van het hart een stille last
Ik denk niet dat mensen begrijpen hoe moeilijk het is zo vast
Vertrouwen als een breekbaar kristal in het licht
Een complexe dans vaak gevangen in het gezicht

Het is niet simpel het vertrouwen te schenken
Ik denk niet dat mensen begrijpen hoe diep de wonden krenken
In de stilte van littekens een verhaal verteld
Van gebroken banden waarin het vertrouwen snel smelt

Het is een reis een zoektocht in het duister
Ik denk niet dat mensen begrijpen hoe het voelt zo sinister
De angst om weer te worden gekwetst als een schaduw groot
In het doolhof van vertrouwen een weg die zo broos is zo rood

Soms is het niet uit te leggen de complexiteit
Ik denk niet dat mensen begrijpen de diepte van de kwetsbaarheid
In de dialoog van het vertrouwen een taal zonder woorden
Waar het hart spreekt en herstel wordt gescoord

Dus voor degenen die zich afvragen waarom het zo zwaar is
Ik denk niet dat mensen begrijpen het gewicht van dit gemis
Vertrouwen als een kostbaar goed dat plooi niet voor elke hand
In de dans van begrip vindt het vertrouwen soms weerstand
-Delayla

De reis van genezing en groei

In de schaduw van genezing een zachte roep
Genees ga verder word niet zoals de mensen die je pijn hebben gedaan maar loop
Laat de wonden helen als bloemen in de zon
In het licht van zelfliefde waar herstel begon

Laat vergeving stromen als een kalme rivier
Genees ga verder en ontdek je eigen sier
Laat niet de pijn je vormen maar de kracht van veerkracht
In de reis van genezing vind je je eigen pracht

Verhef jezelf boven de schaduwen van het verleden
Genees ga verder wees van liefde doordrenkt
Laat de lessen je vormen maar niet de bitterheid
In de tuin van transformatie bloei als een prachtig lied

Word niet zoals degenen die je hebben verwond
Genees ga verder in je eigen grond
Laat mededogen je gids zijn in de nacht van pijn
En ontdek in de morgen van genezing een nieuw schijn

Laat je hart niet verharden maar stralen als de zon
Genees ga verder en wees als de maan die in donkere uren won
Laat liefde je kompas zijn in de reis van het leven
En genees ga verder in de stroom van vergeving en streven
-Delayla

Mijn eigen kern

In de stille kamers van zelfontdekking een zachte zucht
Ik ben bezig mezelf beter te leren kennen een innerlijke vlucht
Geen haast geen druk maar een reis met geduld
In de spiegel van zelfreflectie wordt mijn ware ik onthuld

Ik ontvouw de lagen als bladzijden van een boek
Ik ben bezig mezelf beter te leren kennen met een nieuwsgierige kijk
De nuances van mijn ziel als kleuren op een doek
In de stroom van zelfbewustzijn vind ik mijn eigen muziek

De puzzel van mijn wezen ik leg de stukken één voor één
Ik ben bezig mezelf beter te leren kennen als een kunstenaar in het toneel
Geen angst voor imperfectie maar een omhelzing van wie ik ben
In de dans van zelfacceptatie ontstaat een vreugdevol schouwspel

Soms zijn er schaduwen maar ook stralen van licht
Ik ben bezig mezelf beter te leren kennen in mijn innerlijke gericht
Een reis zonder einde vol ontdekking en kracht
In de zoektocht naar zelf vind ik mijn eigen pracht
-Delayla

Mijn nieuwe normaal

In de stille schaduw van pijn een waarheid zo rauw
Pijn is mijn nieuwe normaal geworden als een onontkoombaar nauw
Een metgezel in de stilte een ongewenst pact
In de symfonie van lijden klinkt de pijn als een donkere act

De scherpe randen van ongemak als een permanente lijn
Pijn is mijn nieuwe normaal geworden in het labyrint van schijn
Een stille getuige van verandering van wat eens was
In de dans van aanpassing wordt pijn mijn nieuwe impasse

Maar in deze nieuwe normaliteit schuilt een kracht
Pijn is mijn nieuwe normaal geworden als een onzichtbare pracht
Een getuige van doorzettingsvermogen van veerkrachtig zijn
In de weefsels van pijn groeit een innerlijke schijn

Laat de pijn geen meester worden maar een metgezel op de weg
Pijn is mijn nieuwe normaal geworden als een uitdagende zeg
Een herinnering aan doorzettingsvermogen aan innerlijke strijd
In de stroom van pijn vind ik mijn eigenheid

Dus omarm de nieuwe normaliteit met een zachte hand
Pijn is mijn nieuwe normaal geworden een deel van mijn levensband
In de symfonie van leven met zijn hoogtes en laagtes
Pijn is mijn nieuwe normaal geworden een reis van aanvaarding en moedige daad
-Delayla

Tranen in de nacht

Tranen als regendruppels zacht en vrij
In het donker huilend onder de sterrenpracht
Het is oké om te huilen zegt de wijze wind
De lucht huilt ook een onzichtbare zucht

Laat de regen van je ogen stromen
Laat het verdriet in de stilte komen
Wolken van zorgen drijven voorbij
Het is oké om te huilen net als de lucht ook jij

De maan fluistert troost in de nacht
Terwijl tranen vallen zacht en zacht
De hemel huilt met je mee
Een weerspiegeling van innerlijke zee

Geef je tranen aan de aarde terug
Laat ze vloeien als een kalme plas
In het huilen ligt een diepe kracht
Het is oké om te huilen in elke levensnacht

Elke druppel draagt een verhaal
Van vreugde verdriet een stille taal
Laat de lucht je tranen dragen
Een symfonie van emoties zonder vragen

Dus huil als de lucht onbevangen
Laat je tranen de pijn verlangen
In het huilen schuilt ware kracht
Het is oké om te huilen in de donkere nacht
-Delayla

Een reis zonder terugkeer

Wanneer het zwijgen pijn doet diep en zwaar
Voel je de leegte voel je het gebaar
Genegeerd in stilte een verlaten spoor
Wandel verder keer niet weer terug ga door

In de schaduw van vergetelheid
Koester jezelf omhul je met waardigheid
Het hart mag breken maar buig niet neer
Laat los keer je om zie verder keer niet weer

Woorden die ooit fluisterden nu verstomd
Laat de stilte praten niet langer gedoemd
Zelfrespect als een krachtige stroom
Verlaat de stilte ga niet terug zoek je droom

Het pad van eigenwaarde helder en recht
Laat niet toe dat genegeerde pijn je knecht
Voel de vrijheid als een vleugelslag
Nooit meer terug keer niet meer terug die dag

Laat het verleden rusten als een oude zee
Stap voorwaarts voel de wind voel de vrije
Genegeerd voelen een hoofdstuk voorbij
Keer niet terug ontdek de lucht ontdek de sky
-Delayla

Ontmaskerende woorden

In de spiegel van de ziel zie je klaar
Ken je waarde wees niet bedaar
Lieve woorden als lokroep een zoet gefluister
Maar wees op je hoede val niet voor hun luister

Je waarde is een juweel kostbaar en echt
Laat het niet verbleken laat het oprecht
Liefdevolle zinnen als bloemen in mei
Toch kunnen ze verwelken waaien voorbij

Wees niet verblind door vleierij
Het oppervlak kan misleidend zijn zij aan zij
Diep vanbinnen ken je eigen pracht
Trap niet in woorden hoe liefdevol ook gebracht

Woorden kunnen dansen als lichte regen
Maar soms verbergen ze een donkere zegen
Wees wijs luister naar je innerlijke akkoord
Ken je waarde laat je niet verstoord

Dus wandel met trots hoofd omhoog
In de stroom van woorden wees niet droog
Ken je waarde als een schat diep vanbinnen
Laat lieve woorden niet je kern overwinnen
-Delayla

Van mij naar haar

Ooit waren we het vuur intens en fel
Een liefdesverhaal dat zong als een zacht refrein
Maar nu dans je met een andere ster
Je houdt nu misschien van haar niet langer de mijne

Herinneringen fluisteren in de schaduw van gisteren
Liefde die bloeide nu verstild als een oude pen
Jouw hart heeft een nieuw pad gevonden
Je houdt nu misschien van haar niet meer gebonden

Ik koester de tijd die we deelden
Als een boek dat wordt gesloten en geheeld
In de stille echo's van wat ooit was
Je houdt nu misschien van haar niet meer in mijn pas

Het leven beweegt in onvoorspelbare tonen
Liefde verschuift zoals zand dat vergaat en verdozen
Ik wens je vrede op jouw nieuwe reis
Je houdt nu misschien van haar en dat is wijs

Laat liefde bloeien waar het kan
In het web van verandering als een nieuwe levenspan
Ik koester de herinneringen laat ze vrij
Je houdt nu misschien van haar en dat is oké
-Delayla

Geest en hart in conflict

In de stille kamers van gedachten
Weet de geest de waarheid onbevlekt
Maar het hart een grillige dans van emoties
Vindt het antwoord niet leuk het is onontdekt

Rationeel fluistert de wijsheid zacht
Een pad van rede helder en volbracht
Toch treurt het hart een zware last
In de schaduw van wat het niet verwacht

Tussen de synapsen van rede en verlangen
Ligt de kloof van begrip een diep verlangen
De geest een nuchtere gids onthult het plot
Maar het hart protesteert een stille complot

In de stilte van dit innerlijk duel
Botsen twee werelden als water en vuur
De geest weet een alwetende gids
Het hart vindt het niet leuk een innerlijke twist

Toch in deze dans van conflict en pijn
Groeit begrip als regen in de woestijn
De geest leidt het hart vindt zijn weg
In het licht van acceptatie een nieuw vergezicht
-Delayla

Blijf een mysterie

In de schaduw van de maan een stille nacht
Blijf als een mysterie zonder verwacht
Laat de sterren fluisteren in je ogen
Geheimen bewaren niet onthuld niet gebogen

Laat je lachen dansen als de wind
Een raadselachtig spel nooit verblind
Laat nieuwsgierige geesten raden
In de stilte van het onbekende baden

Wandel als een schaduw in het maanlicht
Geen ontcijferbare taal geen gezicht
Laat je aanwezigheid een raadsel zijn
Een verhaal dat fluistert zonder schijn

In de oceaan van mysterie zwijgzaam en diep
Laat jezelf verbergen als een geheim dat zich begrijpt
Laat nieuwsgierige ogen speuren en vragen
Blijf als een mysterie in alle dagen
-Delayla

Een wijsheid van het hart

In het weefsel van pijn ligt een les
Een onzichtbaar pad een zware reis een proces
Als het hart huilt in stille smart
Leert het leven een waardevol depart

Elke scheur draagt een verhaal een lering
Pijn doordringt als een diepe zucht een innerlijkeering
In tranen van kwetsbaarheid een spiegel van groei
Als het pijn doet leert het hart leert het mooi

De schaduw van lijden een licht verborgen
Een pad naar wijsheid als de morgen
Laat de pijn je gids zijn niet je graf
Als het pijn doet draag het wees niet laf

In de echo van lijden fluistert het leven
Lessen verscholen die het hart kunnen geven
Als het pijn doet dan spreekt het waar
Leert het je iets laat het toe wees bedaar
-Delayla

Een stille reflectie

In stille nachten fluistert de twijfel zacht
Soms vraag ik me af ben ik wel de juiste kracht?
Een schaduw van onzekerheid diep verborgen
Beweegt in gedachten als een zachte morgen

Lachen ze oprecht of is het slechts schijn?
Zijn mijn stappen welkom in hun levenslijn?
Soms vraag ik me af in de stille schemering
Ben ik een zonnestraal of eerder een bevriezing?

De spiegels van vriendschap reflecteren onduidelijk
Soms vraag ik me af ben ik wel voldoende uniek?
Een fluistering van angst een zoekende blik
Verlangend naar bevestiging als een oud muziek

Misschien zien ze mijn waarde diep vanbinnen
Soms vraag ik me af kan ik de twijfel overwinnen?
Een dans van vragen in het maanlicht van de nacht
Zoekend naar antwoorden op het levenspad zo zacht
-Delayla

Onbegrepen gedachten

In de stille kamers van mijn denken
Een hel in mijn hoofd een pijnlijk schenken
Woorden kunnen het niet omarmen noch vangen
De innerlijke storm een verborgen verlangen

Duistere gedachten dansen als schaduwspel
Een hel in mijn hoofd een zwijgende kwel
Probeer te begrijpen maar het blijft ongezien
De onzichtbare pijn als een vergeten refrein

De hel die fluistert in mijn stille nacht
Een last die geen woorden volledig omvat
Je zult nooit begrijpen hoe ik me voel
In de duisternis van mijn eigen doolhofdoel

Misschien in stilte een moment van compassie
Voel de pijn zonder oordeel zonder bravoure
Je zult nooit volledig begrijpen dat is waar
Maar samen zwijgend kan de last lichter zijn klaar
-Delayla

Een dag zonder ontwrichting

Verlangend naar rust een dag zo zacht
Waar mijn binnenste niet uiteenvalt onverwacht
Ik wil een dag zonder storm zonder strijd
Waar mijn ziel in vrede rust even bevrijd

Laat de last van het moment van me af glijden
Een dag waarop de pijn niet meer zal bijten
Ik wil gewoon een dag heel even heel kort
Waar de chaos in mijn hoofd wordt verstoord

Laat de zon schijnen in de duisternis van mijn binnenste
Een dag waar de lasten minder wegen een klein feest
Ik wil een dag van stilte zonder het interne tumult
Waar mijn hart kan rusten in een kalme tumult

Laat de tranen van vermoeidheid achterwege
Een dag waarop ik de last van mijn schouders heve
Ik wil gewoon een dag heel simpel heel puur
Waar ik niet langer voel dat ik uit elkaar scheur
-Delayla

Eeuwig verdriet

In de schaduw van de jaren een zwaar gewicht
Verdriet gestapeld als een duister bericht
Vertel me niet van morgen van een betere dag
Want ik ben al jaren verdrietig voel de lach

De tijd als een eindeloze rivier gaat voorbij
Maar het verdriet als een getrouwe metgezel blijft dichtbij
Dus vertel me niet van hoop van licht in de nacht
Want ik ben al jaren verdrietig voel de zachte kracht

Laat me zwijgen in mijn droeve melodie
Een lied van verdriet in de stille harmonie
Woorden van troost raken de koude grond
Want ik ben al jaren verdrietig in deze donkere zond

Misschien zal het beter worden ooit wie weet
Maar vertel me niet als een belofte die vergeet
Ik ben al jaren verdrietig dat is mijn last
Dus laat me rusten in de schaduw van mijn verleden vast
-Delayla

Nachtrust 's omhelzing

In de fluisterende stilte van de nacht
Als gedachten dansen een eindeloze pracht
Slapen is hartverwarmend een zachte zucht
Wanneer de geest rust zoekt in de donkere lucht

Kussens worden eilanden in een zee van overpeinzing
De nacht fluistert geheimen zonder enige bekentenis
Slapen is als een omhelzing een verlangen naar rust
Wanneer gedachten branden als een smeulende kust

Het dekbed omhult als een beschermende mantel
Een toevluchtsoord voor de geest een stille wacht
Slapen is hartverwarmend een teder gebaar
Als de gedachten rust zoeken in de nachtelijke snaar

Laat de dromen weven als een kalmerend lied
Slapen is de troost wanneer de geest zich zorgen biedt
In de warmte van de nacht een veilige haven
Slapen is hartverwarmend in dromen geweven
-Delayla

Een roep om rust

Uitgeput een zware last gedragen
Van krachtiger zijn dan mijn binnenste vragen
De maskers afgezet de façade vervlogen
Ik ben uitgeput niet langer bedrogen

Elke glimlach een inspanning van schijn
Uitgeput wil ik mijn kwetsbaarheid zijn
De wereld vraagt om kracht om fierheid
Maar ik ben uitgeput in mijn eigen strijd

De last van schijnbaar onverwoestbaar zijn
Uitgeput wil ik mijn ware zelf laten schijnen
Geen kracht meer om te vechten geen schijnbeweging
Ik ben uitgeput wil voelen zonder beperking

Laat me rusten in mijn kwetsbaarheid
Uitgeput zoekend naar innerlijke vrijheid
Sterkte is niet altijd een heldendaad
Ik ben uitgeput en dat is ook oké
-Delayla

Op zoek naar stilte

Soms wordt het heel luid in mijn hoofd
Een kakofonie van gedachten wild en ongeremd
Woorden schreeuwen een innerlijk tumult
Een storm van geluiden als een ongekend testament

Flarden van herinneringen echo's van angst
Soms wordt het heel luid een innerlijke vangst
Schreeuwende twijfels fluisteringen van pijn
In het lawaai van mijn gedachten wil ik klein

Een chaos van stemmen een interne strijd
Soms wordt het heel luid in de stille tijd
Laat me luisteren naar de stilte tussen het geluid
In het tumult van mijn hoofd vind ik de rust

Misschien is het lawaai een zoektocht naar vrede
Soms wordt het heel luid maar ik overleef
Laat de storm van gedachten langzaam bedaren
In de stilte van mijn hoofd zal ik me verklaren
-Delayla

Op zoek naar kracht

Ergens tussen opgeven en verder gaan
Een balans zo teer als een broze laan
In de schaduw van twijfel een innerlijk land
Ik zit daar aarzelend als droog zand

Opgeven fluistert als een zachte zucht
De last verlichten de lucht in vlucht
Maar ik kijk hoeveel ik nog kan verstaan
Tussen opgeven en verder gaan

De weg is hobbelig de horizon vaag
In het midden een zoektocht naar vandaag
Opgeven lonkt als een verleidelijk pad
Maar ik kijk hoeveel ik nog aan kan hoe vat

Soms is de kracht in het stilstaan
In de ruimte tussen opgeven en doorgaan
Ik zit daar balancerend op de grens
Tussen opgeven en zien hoeveel ik nog wens
-Delayla

Het werk van opstaan

Op sommige dagen een zware last
Het vergt moed om op te staan de dag te omvatten
De zon lijkt ver in de schaduw van het gemoed
Op sommige dagen is het een strijd niet zo zoet

Kostbare seconden tikken als lood
Het lijkt veel werk om in orde te komen groot
In de spiegel reflecteert vermoeidheid traag
Op sommige dagen voelt het als een eindeloze taak

Stap voor stap een weg gebaand
Op sommige dagen is het moeilijk maar staand
In de chaos van gedachten een zoektocht naar licht
Het kost veel werk maar er komt een vergezicht

Laat de dag je omarmen met al zijn gewicht
Op sommige dagen vergt het veel werk maar het licht
Van doorzettingsvermogen een warme gloed
Op sommige dagen wordt de inspanning zoet
-Delayla

Onvermelde gedachten

Verlangen om te delen een innerlijk vuur
Maar woorden blijven steken als een onzekere muur
Ik wil dat je het weet mijn diepste gedachten
Maar de taal faalt in stilte betrachten

In de stilte van mijn verlangen een zachte pijn
Hoe vertel ik wat verborgen is hoe schijn?
Ik wil dat je het weet elk verzwegen woord
Maar de zinnen blijven gevangen ongehoord

De pen danst aarzelend op het papier
Woorden haperen als een gebroken lier
Ik wil dat je het weet mijn verborgen verhaal
Maar de taal vindt geen weg in haar eigen taal

Misschien ooit vind ik de moed
Om te vertellen wat mijn hart vermoed
Ik wil dat je het weet in elke zin
Maar voor nu blijft het verlangen binnen
-Delayla

Een porseleinen welkom

Als ik je binnenlaat in mijn innerlijke sfeer
Wees voorzichtig want de fragiliteit is er
In de kamers van mijn hart een tedere pracht
Als ik je binnenlaat breek dan niets heel zacht

De muren zijn geschilderd met kwetsbaarheid
Als ik je binnenlaat koester dan de subtiliteit
Gedachten als porselein breekbaar en fijn
Als ik je binnenlaat laat liefde het anker zijn

Stap voorzichtig door de gangen van mijn ziel
Als ik je binnenlaat voel de geheimen als een stille wiel
De ramen van mijn emoties transparant en puur
Als ik je binnenlaat wees dan een zachte fluisterkuur

In het heiligdom van mijn vertrouwen
Als ik je binnenlaat laat liefde opbloeien als dauw
Geen breuken geen barsten alleen heelheid
Als ik je binnenlaat koester dan deze tederheid
-Delayla

Muzikale verdoving

Muziek als schild luid en trots
Verdrijft gedachten als stille schots
Ik speel mijn muziek luid een zee van klank
Verdrinkend in noten de denkende bank

Akkoorden als golven overspoelen mijn hoofd
De melodie verzwelgt wat innerlijk verdoofd
Ik speel mijn muziek luid een symfonie van ontwijking
Om te ontsnappen aan de gedachteninvasie een innerlijk afzwijking

De bas trilt als een innerlijke storm
Verdoezelend wat woorden vormen
Ik speel mijn muziek luid een dans met ontkenning
Om de gedachten te laten zwijgen in een muzikale verlening

Laat de tonen spreken waar woorden zwijgen
In de luidheid van muziek in het gevoel dat blijft stijgen
Ik speel mijn muziek luid een vlucht naar een andere sfeer
Om de gedachten in mijn hoofd heel even te negeren keer op keer
-Delayla

Een stille oceaan van tranen

In de stille kamers van mijn gedachten
Verborgen verhalen diepe krachten
Als je mijn gedachten kon ontcijferen
Zou je in tranen zijn een zee zonder grenzen

De woorden die fluisteren zacht en klein
Een reis door de labyrinten van pijn
Als je mijn gedachten kon lezen zonder schroom
Zou je de storm voelen als een innerlijke droom

De pagina's van mijn ziel soms bevlekt
In de stille nachten waar de waarheid wordt ontdekt
Als je mijn gedachten zou kunnen doorgronden
Zou je begrijpen waarom mijn hart soms huilt ongefundeerd

Tranen van verlangen van verdriet
In de onuitgesproken woorden waar niemand van weet
Als je mijn gedachten kon lezen een diepe zucht
Zou je begrijpen waarom mijn innerlijk fluistert in de nacht
-Delayla

Een innerlijke weegschaal

Niemand vertelt je over de last van leegte
Een zwaarte die in stilte groeit als een geheim belegde
De holte van afwezigheid een loodzwaar gewicht
Niemand waarschuwt voor de donkere kant van dit licht

Leegte als een onzichtbare last op de schouders
Een gewicht dat de ziel belast zonder bouders
Niemand spreekt over de diepte van deze leegtezee
Het weegt als lood maar niemand ziet

Het is geen afwezigheid van fysiek gewicht
Maar een emotioneel vacuüm een innerlijk licht
Niemand vertelt je over de leegte van binnen
Het zwaarste gewicht waar emoties beginnen

In de stilte van de leegte hoor je geen klacht
Niemand vertelt je maar het zwaarst weegt de leegtekracht
Een last ongezien maar in de ziel gehecht
Leegte draagt het gewicht onverwacht
-Delayla

Nachtrust met tranen

Onder de deken van de nacht een stille lach
Slapen met tranen een geheime zucht zacht
Kussens absorberen de stille stroom
Een bed van dromen een zee van schroom

Tranen als parels stil op het kussen
Slapen met verdriet een nachtelijk sussen
De duisternis fluistert troostend en traag
Terwijl ik slaap met tranen een innerlijke plaag

De maan kijkt neer als een stille getuige
Slapen met tranen een nachtelijk reisje
Dromen geweven in een deken van pijn
Terwijl de nacht fluistert een zachte refrein

Laat de slaap de tranen omarmen heel diep
Slapen met tranen terwijl de wereld slaapt
Morgen brengt misschien een nieuw licht
Maar vannacht slaap ik met tranen in het donker dicht
-Delayla

Bezwaard hart

Wakker worden met een bezwaard hart
Een last gedragen vanaf het prille start
De ochtendzon werpt een bleke gloed
Maar binnenin voelt het als een zware vloed

Kloppende lasten als loden gewicht
In de vroege uren een innerlijk gevecht
Wakker worden met een bezwaard gemoed
De wereld lacht maar van binnen is het roet

Het licht van de dag schijnt helder en klaar
Maar het bezwaarde hart voelt als een zware laar
Wakker worden een nieuw begin op papier
Maar de last binnenin is als een stille sier

Laat de dag de lasten verzachten heel traag
Wakker worden met een bezwaard hart vroeg of laat
Misschien in de stille uren van de nacht
Vindt het bezwaarde hart rust heel zacht
-Delayla

Innerlijk stralen

In de spiegel van zelfliefde een zachte blik
Vergeet niet om voor jezelf te glimlachen heel sierlijk
Laat de lach niet enkel voor anderen zijn
Maar koester de glimlach voor jezelf heel fijn

In het daglicht van eigenwaarde straalt het gezicht
Vergeet niet om jezelf te glimlachen met evenwicht
Laat de wereld getuige zijn van je innerlijke gloed
Maar houd de mooiste glimlach voor jezelf als zoet

Laat de spiegel niet enkel reflecteren wat anderen zien
Vergeet niet om voor jezelf te glimlachen misschien
Is het de mooiste glimlach diep vanbinnen
Een ode aan zelfliefde een zachte beginnen

Dus glimlach voor anderen dat is fijn
Maar vergeet niet om meer voor jezelf te glimlachen heel klein
In de dans van het leven een eigen melodieuze toon
Vergeet niet om voor jezelf te glimlachen als een kostbaar juweel gewoon
-Delayla

Zelfacceptatie

In de spiegel van zelfacceptatie kijk zacht
Accepteer jezelf heel bewust heel onverwacht
Laat de oordelen los als herfstbladeren in de wind
Omarm wie je bent zoals de natuur dat bemint

Je bent een schilderij van kleuren uniek
Accepteer jezelf met een liefdevol antiek
Laat de twijfels varen als schepen in de zee
Accepteer jezelf in al je pracht vrij

De imperfecties sieren als sterren aan de hemel
Accepteer jezelf met een hart dat zichzelf herstelt
Laat de zelfkritiek verdwijnen als ochtenddauw
Accepteer jezelf als een veld vol gouden grauw

In de tuin van zelfliefde bloeit acceptatie
Laat de bloemen groeien in stilte zonder frustratie
Accepteer jezelf een dierbare vriend
In de omhelzing van zelfacceptatie vinden we het eind
-Delayla

Het licht in de duisternis

Wees de zon in iemands donkere bestaan
Een stralend licht een warme zonnestraal voortaan
Laat je liefde schijnen als de ochtendgloed
In iemands bewolkte leven waar de duisternis woedt

Stralend licht dat de schaduwen verdrijft
Wees de zon waar hoop opnieuw tot leven wrijft
Laat je warmte voelen als een omhelzing zacht
In iemands donkere leven waar de zorgen pracht

Schijn helder als een vuurtoren in de nacht
Wees de zon waar het hart opnieuw op wacht
Laat je stralen verlichten als een sterrenzee
In iemands bewolkte leven waar de regen mee

In jouw glimlach schuilt een zonnestraal
Wees de zon waar de harten op drijven zal
Laat je liefde schijnen als een eindeloze stroom
In iemands donkere leven een stralend heerlijk droom
-Delayla

Beetje bij beetje

Beetje bij beetje als de zon die opkomt
Word je de gelukkigste versie niet bedompt
De dagen weven een lach in je ziel
Als een langzaam ontvouwende zachte siel

Groeien als bloemen in een lentepracht
Beetje bij beetje wordt het geluk verwacht
Elke stap brengt je dichter bij de zon
De gelukkigste versie als een droom begon

Laat de stormen van gisteren vervagen
Beetje bij beetje in de zon die blijft dagen
Leer van de regens de tranen van vroeger
Word de gelukkigste versie keer op keer

Een evolutie van glimlachen klein of groot
Beetje bij beetje als een melodie die wordt genoot
Word de gelukkigste versie stap voor stap
In het ritme van het leven een gelukkig nap

Een dans van tegenstellingen

Ik probeer je te vergeten als een verdwaalde droom
Maar in stilte wacht ik als de maan die niet uitdoofde als een schroom
De dagen trekken voorbij als een zachte zucht
Ik probeer je te vergeten maar mijn hart fluistert zacht

De herinneringen trillen als een oude melodie
Ik probeer je te vergeten maar het verlangen wiegt vrij
In de schaduw van vergetelheid wacht een stille hoop
Op het moment dat je terugkomt als een zonnige stoep

De klok tikt als een constante herinnering
Ik probeer je te vergeten maar het verlangen blijft klinken
Een paradox van loslaten en vasthouden
In de stille wachtkamer waar dromen onthouden

Vergeten is een kunst maar wachten is geduld
Ik probeer je te vergeten in een innerlijk tumult
Maar ergens blijft een plekje gereserveerd
Waar ik wacht terwijl de tijd nerveus marcheert

Pleegouders in bloei

In het hart van liefde en zorg geboren
Schijnen heldere sterren van hoopvolle gloren
Pleegouders een geschenk zo waardevol
Met open armen verwelkomend een kostbaar gevolg

Ze reiken uit naar kinderen in nood
Een veilige haven waar ze op bouwen en vertrouwen rood
In de stormen van het leven bieden ze rust
De warmte van een thuis waarin elk hart zich sust

Pleegouders staan sterk als beschermers en gidsen
Leidend met geduld waarbij liefde hen leidt
Ze bieden steun bij elke stap op het pad
Als lichtbakens wanneer de wereld lijkt te vervagen zo glad

Ze geven de geschenken van lachende ogen
En helpen de onzichtbare wonden te genezen diep verborgen
Met open armen en warmte omringd
Worden kinderen door pleegouders bemind

Ze geven hoop aan degenen die verloren zijn
Geven kracht aan degenen die het pad opnieuw moeten bewijzen
Met elke stap bouwen ze aan een betere toekomst
Met liefde als fundament stevig en rotsvast altijd in volle bloei

Dus laten we een eerbetoon brengen aan pleegouders groot
Die harten openen en liefde zoeken in overvloed
Moge hun toewijding en onvoorwaardelijke zorg
De wereld vullen met compassie en een warme borg

Pleegouders jullie zijn ware helden dapper en sterk
Jullie liefde verandert levens daarvan ben ik overtuigd
Dit gedicht is een eerbetoon aan jullie toewijding en trouw
Voor de liefde die jullie geven een eeuwige dank aan jullie bouw
-Delayla

Een reis door jeugdzorg

In het hart van een jonge ziel een verhaal ontvouwt zich hier
Over een reis van uitdagingen en strijd doorstaan met vastberadenheid en plezier
Een weg geweven door de mantel van jeugdzorg waarin je opgroeide
18 jaren vol moeilijkheden en dromen die je diep vanbinnen koesterde

Het lot bracht je naar deze plek waar liefde en steun je pad verlichtten
In handen van helden die dag en nacht voor je streden en hun inzet belichtten
Jeugdzorg als een anker in de storm bood je veiligheid en een thuis
Een netwerk van zorgzame zielen die je steeds weer bijstonden en lof verdienden

Maar nu nadert een nieuwe mijlpaal het draaien van een belangrijke bladzijde
De drempel van volwassenheid waarop je jezelf zult bevrijden
Jeugdzorg zal je hand loslaten als een vogel die haar vleugels uitslaat
En hoewel het afscheid bitterzoet is wacht er een wereld die op je wacht

Laat jeugdzorg je leiden als een kompas dat je nooit zult vergeten
De lessen die je leerde de zorgen die je deelden het pad dat je hebt betreden
Met elk obstakel dat je overwon groeide je kracht en moed
En nu sta je klaar om je eigen weg te gaan vol vertrouwen en vol goede moed

18 jaren in de jeugdzorg hebben je gevormd sterker gemaakt dan ooit tevoren
Draag die ervaringen als een kroon een symbool van de persoon die je bent geworden
Wees trots op jezelf en al wat je hebt bereikt
Want binnenin schuilt een ware held(in) een licht dat nooit wijkt

Dus 18 jaar in de jeugdzorg een hoofdstuk dat ten einde loopt
Maar je bent niet alleen er is een wereld die op je hoopt
Neem je dromen je passie en je moed mee
En laat de wereld zien welke prachtige toekomst voor jou in het verschiet ligt

ik wens je al het beste op je reis mijn jonge vriend(in)
Wees trots op wie je bent en alles wat je hebt verdiend
De jeugdzorg zal altijd een deel van je zijn dat staat vast
Maar de wereld wacht met open armen om jouw unieke licht te omarmen voor altijd en alvast
-Delayla

Hechtingsproblematiek

In duisternis verweven een verhaal ongezien
Hechtingsproblematiek een pijnlijk refrein
Verloren in de mist van verbinding o zo broos
Een hart vol verlangen een ziel in stilte immer in repose

Als zaadjes geplant in vruchtbare grond
Hechten we ons vast onwetend en ongezond
De wortels zoeken voeding liefde en zorg
Maar soms krijgen we slechts een oppervlakkige borg

Het kind dat hunkert naar warmte en troost
De armen van de ander een onvervulde belofte
De blikken die dwalen onthecht en afwezig
Een stille schreeuw om liefde zo prangend zo hevig

Een dans van afstand van weggaan en verdriet
De angst om te hechten om lief te hebben zonder verdriet
De angst om te verliezen om afgewezen te zijn
Deze onzichtbare wonden dragen we als een refrein

Maar in dit duister gloort een sprankje hoop
Een kans om te helen om te groeien in de juiste sfeer en loop
Met geduld en begrip met liefde en aandacht
Kan de pijn verzachten kan de ziel weer in volle pracht

Want hechting is de draad die ons verbindt
De liefdevolle band die ons hart bemint
Met zorg en toewijding stap voor stap
Kunnen we onze hechtingswonden helen stap voor stap

Dus laten we streven naar begrip en nabijheid
Naar het bieden van veiligheid zonder verwijt
Laat ons de kwetsbare zielen koesteren en omringen
Met liefde en acceptatie het vuur van hoop doen ontvlammen

In het web van hechtingsproblematiek daar vinden we elkaar
Elke stap die we zetten elk gebaar
Samen kunnen we de pijn verzachten de wonden helen
En in verbondenheid weer stralen vol vertrouwen en spelen
-Delayla

Het stille verdriet

In het hart van rouw een pijn zo vreemd
Draagt de ziel een last die niemand deelt
Een ouder die nog ademt maar toch afwezig lijkt
Verstrengeld in een dans van leven en verlies

Het is een onzichtbaar rouwen verborgen en stil
Terwijl de wereld doorgaat lijkt de tijd stil te staan
Het is een schaduw die over ons leven valt
Een stille storm die de diepste zeeën doet beven

We rouwen om wat was en nooit meer zal zijn
Om de tijden van liefde zorg en geborgenheid
De herinneringen voelen als een kostbare schat
Maar het verlies snijdt diep als een onzichtbaar litteken

We vragen ons af hoe het mogelijk is
Om te rouwen om iemand die nog leeft
Maar rouwen is niet enkel het verlies van een lichaam
Het is het verlies van wat eens was een innerlijke strijd

We zoeken naar troost in woorden en gebaren
In het koesteren van momenten die nog resten
We leren om te accepteren en te omarmen
Het leven zoals het is met alle pijn en vreugde

Dus rouw maar lieve ziel om wat veranderd is
Om de complexiteit van dit menselijke bestaan
Vind steun in de liefde die nog steeds aanwezig is
En weet dat je niet alleen bent in dit rouwproces

Laat het geduld je gids zijn in dit onzekere pad
Omarm de emoties omarm de waarheid
En weet dat hoewel de rouw aanwezig is
Er ook ruimte is voor hoop en groei
Rouw om een ouder die nog leeft mijn vriend

Het is een zware last om te dragen dat is waar
Maar onthoud dat liefde altijd zal blijven
Een kostbaar geschenk door de tijd daar
-Delayla

Bruggen van liefde en hoop

In een wereld vol onzekerheid en pijn
Schijnt een licht een baken van liefde en geheim
Pleegzorg een pad dat harten verbindt
Waar hoop en warmte in elk pleeggezin begint

In pleegouders vinden kinderen een thuis
Een haven van veiligheid waar angst vervliegt in het niets
Ze worden omarmd met open armen ontvangen
En leren dat er liefde is diep geworteld en ondervangen

Pleegzorg een reis van onvoorwaardelijke zorg
Waar harten worden geopend als een muzikale akkoord
Het is niet altijd eenvoudig er zijn ups en downs
Maar de glimlach op het gezicht van een kind maakt alles weer gezond

Samen bouwen we bruggen van begrip en vertrouwen
Een familie van verbondenheid die blijft groeien en opbouwen
Het maakt niet uit waar we vandaan komen welke achtergrond
In pleegzorg vinden we een liefdevolle grond

Elk kind verdient een plek om te groeien en te bloeien
Om te dromen en te hopen zonder zich te hoeven zorgen te maken over morgen
Pleegouders bieden die kans die tweede kans in het leven
Een toekomst vol mogelijkheden een geschenk dat ze geven

Dus laten we pleegouders eren en waarderen
Voor hun onzelfzuchtige liefde en hun toewijding om te geven
Mogen ze worden omringd door steun en erkenning
Want in pleegzorg vinden we een prachtige verbinding

Dank aan alle pleegouders groot en klein
Voor het geven van hoop voor het zijn van een lichtend schijn
Mogen jullie gezinnen bloeien en groeien met liefde omringd
In pleegzorg vinden we een kostbare schat waarvoor we altijd dankbaar zullen zijn
-Delayla

Kinderknuffel

In mijn armen houd ik jou mijn trouwe vriend
Een kinderknuffel die mijn hart verbindt
Met zachte ogen en een pluizige vacht
Ben jij altijd daar dag en nacht

Je hebt me getroost bij menig verdriet
Je was er altijd dat vergeet ik niet
Samen hebben we avonturen beleefd
In mijn fantasiewereld waar jij altijd leeft

Je was mijn metgezel in dromenland
Een speelkameraad hand in hand
Samen hebben we de wereld ontdekt
Terwijl de tijd voorbij trok en verstrekt

Je oren zijn versleten je kleur vervaagd
Maar je waarde in mijn hart is nooit verlaagd
Als ik naar je kijk zie ik een stuk van mezelf
Een deel van mijn jeugd een kostbare schelf

Ooit was je nieuw en stralend zo fris
Nu ben je oud maar nog steeds mijn liefste gemis
Ik koester de herinneringen die we deelden
Als ik naar je kijk voel ik me herboren en geheeld

Mijn kinderknuffel mijn metgezel in dit leven
Jij blijft voor altijd in mijn hart verweven
Ik bewaar je voor altijd mijn tedere vriend
Een symbool van liefde die nooit verdiend

Dus dank ik je knuffel voor alles wat je geeft
Voor de warmte en het geloof dat in je leeft
Samen zijn we gegroeid in liefde en pijn
Jij zult altijd mijn kinderknuffel zijn
-Delayla

Verloren in de schaduw

In de schaduwen van mijn herinnering
Staan ze daar degenen die mij verlieten
Mensen die ooit dichtbij waren nu ver weg
Hun aanwezigheid slechts een vage echo

Sommigen vertrokken uit vrije wil
Op zoek naar nieuwe wegen nieuwe horizonnen
Hun verhalen werden verweven met de wind
En ik bleef achter met een lege plek

Anderen verlieten me zonder een woord
Een abrupt afscheid dat mijn ziel verwondde
Ik tastte naar antwoorden in de duisternis
Maar vond alleen stilte een pijnlijk gemis

Mensen die ooit deel uitmaakten van mijn hart
Nu slechts gezichten in oude foto's
Hun glimlachen vervagen in de tijd
En ik vraag me af waarom ze weggingen

Maar in mijn verdriet ontdek ik kracht
Om verder te gaan en te groeien zonder hen
Ik leer dat sommige verbindingen vervagen
Terwijl anderen sterker worden door de pijn

Dus neem afscheid van hen die zijn vertrokken
Met gratie en mededogen in mijn hart
Want hoewel hun afwezigheid pijn doet
Blijf ik groeien een nieuw hoofdstuk start

En misschien heel misschien op een dag
Kruisen onze paden elkaar weer
En kunnen we glimlachen naar elkaar
In plaats van te treuren over verloren jaren
-Delayla

Engelen van hoop

In de stille schaduw van gebroken dromen
Waar kinderen lachen eens als bloemen bloeiden
Bouwen engelen van hoop een nieuw thuis
In de armen van pleegouders zachtmoedig en geduldig

Pleegzorg een baken in donkere dagen
Een toevluchtsoord voor kinderen verloren in pijn
De liefde die ze vinden in warme harten
Geneest wonden en brengt ze weer tot leven

Pleegouders hoeders van een kwetsbaar hart
Met open armen en een liefdevol gebaar
Ze bieden veiligheid begrip en zorg
En vangen kleine zielen op verward en zwaar

De weg is niet altijd gemakkelijk
Met uitdagingen en tranen onderweg
Maar pleegouders vechten met onvoorwaardelijke liefde
Om elk kind te helpen groeien en bloeien elke dag opnieuw

In pleeggezinnen ontstaat een band
Sterker dan bloed gebaseerd op liefde en vertrouwen
Het biedt een thuis waar eenzaamheid verdwijnt
En hoop en geluk weer tot leven worden gebracht

Dus laten we de pleegouders eren
Voor hun moed en hun onbaatzuchtige zorg
En laten we pleegkinderen omringen
Met warmte begrip en liefde die altijd duurt

Pleegzorg een prachtig weefsel van menselijkheid
Dat harten verbindt en levens verandert
Een symfonie van liefde en mededogen
Waarin elk kind een plek vindt om te schitteren en te groeien
-Delayla

Verbinding in de diepte

In de diepe zee van verbondenheid
Daar ligt een schip dat drijft in eenzaamheid
Hechtingsproblematiek een woord zo zwaar
Waarvan de impact zich diep en onzichtbaar klaar

Het kind zoekt veiligheid een thuis zo warm
Maar vindt in plaats daarvan een voortdurende storm
De fundamenten van vertrouwen en geborgenheid
Raken verloren in deze wereld vol strijd

Het hart hunkert naar liefde en warmte om te delen
Maar de wonden van afwijzing blijven knagen en kelen
De angst om te hechten te verbinden met een ander
Houdt het kind gevangen in eenzaamheid en hinder

De blikken van anderen snijden als een mes
Terwijl het kind verlangt naar acceptatie en een kus
De littekens van verwaarlozing zijn diep geworteld
En maken het moeilijk om zich te voelen ontpopt en vervuld

Maar ergens in het binnenste van het hart
Schuilt een kracht die het kind in zich bewaart
Een veerkracht diep vanbinnen ongezien
Die het kind toestaat te hopen te geloven te zien

Met geduld en begrip een helpende hand
Kan het kind zich langzaam ontvouwen in dit land
Door liefde en steun stapje voor stapje
Kan de hechting zich herstellen als een kostbaar hapje

Dus laten we onze armen openen wijd en ruim
Voor diegenen met hechtingsproblematiek hoe klein of groot hoe puur of grimmig
Laten we begrip en empathie tonen
En samen bouwen aan een wereld waarin hechting kan wonen
-Delayla

Een paradox van emoties

In de schaduw van het stille verdriet
Rouw ik om jou mijn moeder die nog leeft
Een paradox van emoties zo diep doordrongen
In een wereld waar verlies zich zelden aan de levenden hecht

Hoe kan ik treuren om een ziel nog aanwezig
Een hart dat klopt een adem die ik nog hoor
Maar toch voel ik de pijn het gemis de leegte
Alsof er iets ontbreekt iets onzichtbaars verloren is

Het zijn niet de tranen van afscheid die ik huil
Maar eerder tranen van verlangen van verandering
Want hoewel je nog hier bent voel ik het verstrijken van tijd
En de onontkoombaarheid van het leven dat ons scheidt

Ik rouw om de veranderingen die ik zie
Om de herinneringen die vervagen met de jaren
Ik rouw om de momenten die nooit meer zullen zijn
Om de woorden die onuitgesproken blijven ongedeeld

Maar te midden van deze rouw koester ik ook de vreugde
De kostbare tijd die we samen nog hebben
Ik omhels de warmte van jouw liefdevolle aanwezigheid
En vind troost in de wetenschap dat je hier nog steeds bent

Dus rouw ik om jou mijn moeder die nog leeft
Met een mengeling van verdriet en dankbaarheid
Ik omarm het leven en de kostbare momenten
Want elke dag samen is een geschenk dat ik koester in mijn hart
-Delayla

De stilte ontgrendelen

In de stilte van mijn ziel daar huist een ongezegd verhaal
Een wereld vol emoties gevangen in een stille taal
Ik worstel met woorden ze ontsnappen als lucht
Het is moeilijk praten mijn gevoelens komen niet uit

Als een lied zonder melodie als een gedicht zonder rijm
Zo voelen mijn emoties verstrikt in de tijd
Ik wil ze delen ze uiten maar de woorden blijven steken
In een web van onzekerheid dat mijn tong verlamt doet breken

Ik draag een masker van schijnbare kalmte en kracht
Maar diep van binnen zit een storm die ik met niemand deel met niemand wacht
Ik vrees het oordeel de afwijzing de pijn
Dus blijven mijn woorden gevangen opgesloten in mijn brein

Maar in de stilte van mijn ziel daar smeult een verlangen
Om mijn emoties te bevrijden om ze met anderen te kunnen omvangen
Ik zoek naar veilige havens waar mijn hart kan spreken
Waar ik mag zijn wie ik ben zonder te breken

Ik ontdek kleine gebaren zachte blikken en warme handen
Die mijn zwijgende pijn begrijpen mijn hart weten te verbranden
In de stilte van begrip vind ik troost en verlichting
Ik leer dat het praten over emoties geen zwakte is maar verlichting

Dus langzaam heel langzaam begin ik te praten
Mijn verhaal te delen mijn zorgen en angsten te laten ontsnappen
Ik besef dat emoties er zijn om te ervaren en te delen
Dat kwetsbaarheid kracht is dat mijn stem niet hoeft te vervagen

Dus laat ons luisteren naar elkaar met een open hart en oor
Laten we elkaars verhalen omarmen en begrip creëren keer op keer
Want in de verbinding van onze stemmen in het uiten van onze pijn Vinden we heling
vinden we vrijheid vinden we elkaar in de diepste kern van zijn
-Delayla

De pleegzorgcirkels

Telkens weer mijn verhaal een herhaling zonder einde
In de wirwar van de pleegzorg waar mijn ziel zich bevindt
Van plek naar plek van gezin naar gezin
Moet ik mijn woorden uiten opnieuw en opnieuw begin

Mijn verleden wordt een mantra een zin die nooit vergaat
In de pleegzorgcirkels waar mijn lot zich steeds herhaalt
Ik open mijn hart onthul mijn pijn en verdriet
Maar de woorden verdampen als mist die vervliegt

Ik vertel mijn verhaal aan vreemden die ik amper ken
Terwijl ik mijn wonden koester die telkens weer opengaan
Ze luisteren ze knikken ze tonen begrip en mededogen
Maar in mijn binnenste voel ik de vermoeidheid de zware last die ik draag

Hoe vaak kan ik herhalen de woorden die mijn hart doorboren
Hoe vaak kan ik verdragen het gevoel van steeds opnieuw verloren
Mijn verhaal wordt een juk een last die ik meetors
Een nooit eindigende cyclus van afscheid en verlies telkens weer op hetzelfde spoor

Maar ergens in de schaduw van mijn vermoeide ziel
Voel ik een vonk van hoop die voorzichtig opwelt stil
Misschien heel misschien kan het delen van mijn verhaal
Iets veranderen iets betekenen al is het maar minimaal

Misschien zijn er luisterende harten die mijn pijn begrijpen
Die me opvangen steunen en liefdevol omarmen in hun rijen
Misschien kan ik met mijn woorden een brug slaan
Een brug van begrip van verbinding die blijft bestaan

Dus telkens weer zal ik mijn verhaal vertellen
Met hoop en moed ondanks de twijfels die me kwellen
Want misschien heel misschien kunnen mijn woorden een verschil maken
Een zaadje planten van begrip dat zal groeien en ontwaken

En in die wetenschap draag ik mijn verhaal
In de pleegzorgcirkels telkens weer zonder te verdwalen
Want ook al doet het pijn ook al voelt het zwaar
Ik geloof dat mijn verhaal belangrijk is dat het ergens toe zal leiden daar
-Delayla

Mijn dossier

In de stoffige hoeken van mijn jeugd
Ligt mijn dossier vol woorden vol vermoed
Een verzameling van feiten van elk moment
Een levensverhaal vastgelegd en bekend

Pagina na pagina onthullen ze mijn geschiedenis
Een verzameling van ups en downs van vreugde en gemis
Ze vertellen over mijn reis door de jeugdzorg
Over mijn strijd mijn dromen mijn innerlijke stroom

In zwarte letters zijn ze gedrukt mijn herinneringen
Verhalen van tranen van lachen van veranderingen
Ze vormen de puzzelstukjes van wie ik ben
Mijn successen mijn misstappen mijn grootste wens

Maar in dat dossier ligt meer dan alleen papier
Het draagt de last van verwachtingen van hoop en vertier
Het zijn de ogen die het lezen de oren die het horen
Die oordelen beslissen mijn toekomst doorboren

Soms voel ik me gereduceerd tot een vel papier
Een nummer een statistiek zonder ziel zonder vertier
Maar ik ben zoveel meer dan wat er staat geschreven
Ik ben een mens vol passie verlangens dromen om te streven

Dus laat mijn dossier niet mijn identiteit bepalen
Laat het niet mijn potentieel in de kiem smoren laten verdwalen
Ik smeek om begrip om empathie om een open hart
Om voorbij de woorden te kijken naar wie ik werkelijk ben diep en apart

Mijn dossier mag mijn verhaal vertellen
Maar ik ben meer dan de som van die letters die cellen
Ik ben een mens vol veerkracht vol hoop en vol kracht
En ik zal vechten voor mijn toekomst met alle energie die in me wacht

Dus neem mijn dossier lees het met zorg
En zie in mij de persoon vol potentie vol pracht en sterk in mijn spoor
Want in mijn hart woont een ongekende kracht
Die me zal begeleiden ondanks de woorden in elke strijd en elke nacht
-Delayla

Weekend pleegzorg

In de wereld van liefde en zorgen
Strijkt het weekend neer als een nieuwe morgen'
Wanneer harten openen warm en groot
Vindt weekendpleegzorg haar liefdevolle poot

In een huis vol warmte een liefdevol nest
Vinden kinderen vreugde een plek waar ze kunnen rusten
Gedragen door vrijwilligers met een hart van goud
Worden ze verwelkomd jong en oud

In het licht van dit weekend een kostbaar geschenk
Vinden ze hoop en kracht elke minuut elke denk
Samen lachen samen spelen
De last van zorgen even laten vervelen

In de armen van liefdevolle zielen
Voelen ze de pijn van verlies genezen
Een veilige haven een plek om te zijn
Waar zorg en vreugde hand in hand gaan zo fijn

Het weekend vliegt voorbij als een vluchtige droom
Maar de herinneringen zullen altijd blijven hoe klein ook de zoom
Elke glimlach elk moment van tederheid
Laat een spoor van liefde achter voor altijd

Weekendpleegzorg een prachtig gebaar
Een bron van hoop een schitterende ster
Voor elk kind dat het nodig heeft
Biedt het weekend een adem een warm welkom zo lief

Dus laten we samenwerken hand in hand
Om de wereld van weekendpleegzorg te laten landen
Voor elk kind dat zoekt naar een stukje geluk
Brengen we het weekendpleegzorg aan de kust als een stille ruk
-Delayla

Samen schitteren

In een wereld vol zorg en compassie
Zoeken we harten vol liefde en gratie
Een roep gaat uit luid en klaar
Voor degenen die een verschil willen maken hier en daar

Kom samen dappere zielen hoor de kreet
Een oproep voor pleegouders vol warmte en leed
Voor kinderen in nood een veilige haven
Waar liefde en steun hun leven kunnen staven

Pleegouders de helden van de dag
Zoveel liefde om te delen zo veel wat je vermag
Met open armen en een hart van goud
Breng je hoop en geluk zo stoutmoedig en vertrouwd

Het is geen gemakkelijke taak die je op je neemt
Maar de beloningen zijn groter dan je ooit had vermoed
Het geven van een thuis een warm gezin
Een leven transformeren een nieuw begin

Kom naar voren zonder aarzelen of twijfel
Er is een kind dat wacht op je als een kostbaar juweel
Voor elk kind dat verlangt naar een liefdevolle plek
Kan jouw aanwezigheid hun wereld opfleuren zo gek

Open je hart laat liefde stromen
Weef een web van veiligheid zachtjes geweven en bekomen
In jouw handen ligt de kracht om te helen
Om een kind te omarmen te troosten en te strelen

Werven we pleegouders met een oproep zo puur
Om te dienen en te koesteren met geduld en braver
Samen kunnen we een verschil maken groot en klein
En een glimlach brengen in elk kinderlijk festijn

Dus sta op met moed en vol vertrouwen
Werven we pleegouders met liefde als ons gebrouwen
Samen vormen we een brug van hoop en licht
Voor elk kind dat wacht op een heldere sterrennacht
-Delayla

Acceptatie

Het leven is accepteren
Dat dingen anders liepen als je wilde
Helaas wat je allemaal mee moest maken
Iedereen maakt fouten
Maar wat zijn fouten
Wat je uitstraalt trek je ook aan Elk energie veld trekt zijn eigen mensen aan Door je doen en laten Is het leven moeilijk? Nee!
Je maakt het moeilijk voor jezelf
Je blijft in je verleden hangen
Je gooit steeds modder voor je voeten
Hoe wil je dan vooruit komen
Leer jezelf goed te waarderen
In elke vriendschap en relatie zit een leerproces
Schouders naar achteren en borst vooruit
Spreid nu maar je vleugels uit
Accepteren is alles loslaten
Volg je dromen en je hart
-Delayla

Ontkenningsfase

Ik mis je niet
Ik vindt het gewoon jammer dat je er niet bent
Ik mis je niet
Maar bij jou was alles zo bekend
Ik mis je niet
Zou dit het liefste wel met je willen delen
Ik mis je niet
Het kan me oprecht weinig schelen
Ik mis je niet
Het is alleen zwaar
Ik mis je niet
Zonder jou voelt alles best raar
-Delayla

Bindingsangst

Als jij mij tekst
Doe ik kortaf
Ik maak een muur
En baken me van je af
Attachment issues?
Of niet
Vind ik je leuk?
Of ben ik bang dat ik het verneuk?
Een blokkade voor mensen maken
Ze uit mijn leven verwijderen
Zodat ze mij niet kunnen raken
Bij jou wil ik het niet
Maar het gebeurt met verdriet
Gevoelens afvlakken
Blokkade bouwen
Emoties uitzetten
En erom rouwen
-Delayla

De onzichtbare storm

Een storm raast binnenin onzichtbaar voor hen
Terwijl ik een glimlach draag de façade van schijn
Ze kunnen de donkere wolken niet zien
De chaos het gevecht dat diep vanbinnen woedt

Ik ben als een zeeman op een onstuimige zee
Niet in staat om de kracht van de golven te ontvlechten
Mijn glimlach is mijn anker mijn vermomming
Een masker dat mijn innerlijke pijn verborgen houdt zo ontzettend

Terwijl ik door het leven navigeer
Proberen anderen mijn geluk te vereenvoudigen en te doorgronden
Maar de storm binnenin zo intens en krachtig
Beheerst mijn wezen mijn gedachten mijn hele bestaan

De donkere wolken verzamelen zich dicht en dreigend
Ze verduisteren mijn geest maken het zicht belemmerend
Maar ik houd stand met vastberadenheid in mijn hart
Bewust van de kracht die ik in me draag een vonk die nooit verstart

Het gevecht dat woedt is er een van tegenstellingen
Het verlangen naar vrede en de chaos die me omringt
Ik zoek naar evenwicht in deze innerlijke strijd
Een manier om te overleven om te gedijen in de duistere tijd

Soms lijkt het alsof ik gevangen zit in een glazen kooi
Omringd door mensen die me niet begrijpen geen idee hebben waar ik voor sta
Maar diep vanbinnen brandt er een vuur dat me voortstuwt
Om mijn stem te laten horen om mijn waarheid te onthullen met volle kracht

Dus terwijl ik mijn glimlach draag een schild voor de buitenwereld
Weet ik dat mijn pijn echter is dan ze vermoeden
Ik vecht in stilte met moed en veerkracht
Terwijl de storm binnenin woedt onzichtbaar maar in volle macht

Ik smeek om begrip om een hand die me vasthoudt
Om een blik die dieper reikt door de façade van schijn
Want achter mijn glimlach ligt een wereld van emotie
Een oceaan van gevoelens een innerlijke realiteit

Dus laat de storm binnenin razen en woeden
Ik zal blijven navigeren mijn innerlijke kompas voeden
En als de donkere wolken uiteindelijk wijken
Zal ik uit de schaduw treden mezelf laten zien mijn waarheid bereiken

Want mijn gevecht mag dan onzichtbaar zijn voor het oog
Maar mijn veerkracht mijn moed maken me sterk en hoog
Dus draag ik mijn glimlach hoe broos ook als een schild
Terwijl ik vecht in stilte mijn innerlijke storm trotseer volhardend en mild
-Delayla

Het stille huilen

Woorden schieten tekort om te beschrijven
De diepten van een geest in pijn
Mijn hart huilt in stilte onzichtbaar
Omarmd door de schaduwen eenzaam en klein

In de stilte van de nacht fluister ik mijn verhaal
De woorden dansen op de melodie van mijn innerlijke strijd
Maar wie zal luisteren naar mijn stille roep
Terwijl ik verdrink in de oceaan van eenzaamheid?

De wereld gaat voorbij in een waas van onwetendheid
Onzichtbaar voor degenen die niet kunnen zien
Mijn pijn is een verborgen schat begraven diep vanbinnen
Gekluisterd aan de schaduwen die me steeds weer omringen

Ik draag een masker van schijnbare kalmte
Terwijl mijn geest een oorlog voert die niemand kan begrijpen
Mijn hart huilt in stilte een melodie van verdriet
Terwijl ik me terugtrek in mijn innerlijke wereld waar niemand me ziet

Ik zoek naar woorden om uit te drukken wat ik voel
Maar ze blijven gevangen in de kluwen van mijn gedachten
Mijn pijn is een kunstwerk van duisternis en melancholie
Een abstractie die mijn ziel steeds verder versmacht

Ik snak naar een stem die me hoort
Die de echo's van mijn eenzame huilen kan begrijpen
Maar in de stilte blijf ik gevangen geïsoleerd
Een verloren ziel diep in de schaduwen verfijnd

Toch hoop ik op een glimp van begrip
Een moment van mededogen dat mijn hart kan omarmen
Misschien zijn er anderen die dezelfde pijn voelen
Die dansen op de grens van duisternis en warmte zonder alarmen

Mijn tranen vormen een rivier van verlangen
Een stroom die me wegvoert van de eenzaamheid
Maar in mijn stille huilen in mijn verborgen verdriet
Voel ik een kracht die me aanspoort om door te strijden

Dus laat mijn hart in stilte huilen
Terwijl ik worstel om mezelf te vinden om te genezen
Ik omarm mijn pijn als een deel van mijn verhaal
En hoop dat iemand zal luisteren me zal bevrijden

Want woorden schieten tekort maar luisteren doet dat niet
Een zachte aanraking een blik vol medeleven
Laat me weten dat ik niet alleen ben in mijn donkere tijden
En dat mijn hart zelfs in stilte een plek heeft om te leven
-Delayla

In het schemergebied

Mensen kijken toe begrijpen ze echt?
De worstelingen de zorgen die ik draag
Hun ogen vol vragen maar geen antwoord wordt gegeven
Want woorden kunnen niet volledig vangen hoe ik me voel vandaag

In de blikken van anderen zie ik een mix van ongeloof
Een vage glimp van nieuwsgierigheid vermengd met twijfel
Ze kunnen de last die ik draag niet volledig bevatten
De complexiteit van emoties die mijn innerlijke wereld onthullen

Ik draag mijn masker van normaliteit van schijnbare kalmte
Maar diep vanbinnen huist een storm die niet kan worden getemd
Het is een onzichtbare gevecht dat ik dagelijks voer
Een innerlijke reis naar genezing en rust zo intens verdoemd

Hoe kan ik uitleggen wat er zich afspeelt binnenin?
De gedachten die rondtollen als een wervelwind in mijn geest
Ze zijn als schaduwen die me omringen me verstikken
En geen woorden kunnen de complexiteit van mijn pijn volledig verbeelden

Ik wens dat ik de antwoorden kon geven de sleutel kon delen
Om hen te laten begrijpen wat het betekent om te worstelen
Maar de waarheid is dat elk individu zijn eigen innerlijke wereld heeft
Een uniek landschap van emoties dat niet volledig kan worden onthuld

Toch hoop ik dat ze kunnen zien kunnen voelen
Dat er meer is dan wat er aan de oppervlakte verschijnt
Dat achter mijn glimlach mijn facade van schijn
Er een complexiteit van emoties is die mijn hart doordringt

Laat hun vragen niet onbeantwoord blijven
Laat de ruimte voor begrip en mededogen groeien
Misschien kunnen we bruggen bouwen verbinding creëren
En samen de complexiteit van onze gevoelens verkennen en bespreken

Want woorden kunnen tekortschieten maar luisteren doet dat niet
Een blik van erkenning een omhelzing zonder oordeel
Laat me weten dat ik niet alleen ben in mijn strijd
Dat er anderen zijn die begrijpen die mijn pijn kunnen onthullen

Dus terwijl mensen toekijken zoek ik steun en begrip
In de hoop dat ze een glimp kunnen opvangen van mijn innerlijke gevecht
En hoewel woorden vaak ontoereikend zijn om mijn diepste pijn te omvatten
Is het de kracht van luisteren en mededogen die mijn hart weer verlicht

De wereld om me heen lijkt te vervagen
Terwijl mijn gedachten de overhand nemen
Verstrikt in een web van angst en twijfel
Zoek ik naar hoop naar een uitweg uit dit schemergebied

Elke stap die ik zet voelt als een zware last
Mijn voeten verankerd in de grond van mijn innerlijke strijd
De kleuren verbleken de geluiden vervagen
Terwijl ik me verlies in de donkere krochten van mijn geestennacht

Ik graaf diep in mijn ziel op zoek naar een sprankje licht
Een vonkje hoop dat me uit deze duisternis zal bevrijden
Maar soms voelt het alsof ik vastzit in een eindeloze lus
Een eeuwigdurende worsteling om de wereld weer helder te zien

In dit schemergebied voel ik me vaak alleen
Gevangen in een bubbel van mijn eigen gedachten en zorgen
Mensen om me heen proberen te begrijpen maar hoe kunnen ze?
Hoe kunnen ze de complexiteit van mijn innerlijke wereld doorgronden?

Ik klamp me vast aan de momenten van helderheid en vreugde
Die als kostbare diamanten schitteren in de duisternis
Ik probeer de schaduwen te omarmen mijn angsten onder ogen te zien
Terwijl ik wanhopig zoek naar een uitweg uit dit innerlijke duister

Maar te midden van deze troebelheid dit vervagen
Blijft er een sprankje hoop dat blijft branden
Ik ben niet alleen in mijn strijd in mijn pijn
Er zijn anderen die soortgelijke wegen bewandelen die hetzelfde ervaren

Samen kunnen we een pad van heling en herstel bewandelen
Onze handen in elkaar grijpend elkaar ondersteunend
Want hoewel de wereld om me heen lijkt te vervagen
Is er nog steeds een weg naar voren een uitweg uit dit schemergebied

Dus laat me mijn weg banen door de nevels van de geest
Met elke stap die ik zet met moed en veerkracht
Ik weiger me over te geven aan de duisternis die knaagt
En strek mijn hand uit naar het licht dat me opnieuw kan verlichten

De wereld mag dan vervagen maar ik zal blijven vechten
Om de kleuren terug te brengen de geluiden te herstellen
En terwijl ik mijn weg zoek in dit schemergebied
Weet ik dat er hoop is dat er altijd een uitweg zal zijn
-Delayla

De dans van mentale gezondheid

Mentale gezondheid is een complexe dans
Die weinigen werkelijk kunnen begrijpen
In de schaduwen van het stigma blijven we verborgen
Onze stemmen verstikt ons verhaal verzwegen

We dansen op het ritme van onze gedachten
Een delicate balans tussen hoop en wanhoop
Maar de wereld kijkt vaak weg afstand houdend
Bang om de realiteit van mentale pijn onder ogen te zien

In stilte lijden we als onzichtbare krijgers
De last van onze geestelijke strijd dragend
De wereld buiten ons begrijpt het niet
De complexiteit van onze gevoelens onze innerlijke wervelwind

Het stigma omringt ons als een verstikkende mist
Die ons dwingt om onze pijn in stilte te dragen
We worden beoordeeld gemarginaliseerd vermeden
Alsof onze mentale worstelingen ons minder menselijk maken

Maar we zijn niet minder we zijn sterke zielen
Die vechten voor innerlijke vrede en genezing
We willen gehoord worden begrepen worden
Onze verhalen delen zonder oordeel of veroordeling

Laat de schaduwen van stigma vervagen
Laat onze stemmen weerklanken in het daglicht
Want alleen door openheid en begrip
Kunnen we de weg naar herstel en acceptatie vinden

Laten we de dans van mentale gezondheid omarmen
Elkaar steunen in onze kwetsbaarheid en kracht
Samen kunnen we het stigma doorbreken
Een wereld creëren waarin mentale gezondheid wordt erkend en omarmd

Dus laten we onze stemmen verheffen onze verhalen delen
De moedige strijders zijn die we zijn
Mentale gezondheid mag geen taboe meer zijn
Laten we een wereld creëren waarin niemand zich hoeft te verbergen
-Delayla

Vinden en begrijpen

Vriendschap en liefde zo kostbaar en zeldzaam
Maar soms ongrijpbaar als de wind
Mijn innerlijke strijd kan anderen verwarren
Maar ik hoop dat ze mijn pijn ooit zullen vinden en begrijpen

Soms voel ik me gevangen in mijn eigen gedachten
Verloren in een doolhof van emoties en angst
Mijn geliefden kijken toe met liefde en bezorgdheid
Maar hoe kunnen ze de complexiteit van mijn binnenwereld vangen?

Ik verlang naar begrip naar diepgaande verbinding
Een veilige haven waar mijn kwetsbaarheid kan rusten
Maar mijn pijn kan anderen verwarren hen afschrikken
En dus blijft mijn innerlijke strijd vaak verborgen onbesproken

Toch koester ik de hoop dat er een dag zal komen
Waarop zij mijn pijn zullen vinden en begrijpen
Dat ze de puzzelstukjes zullen zien de betekenis zullen ontrafelen
En in mijn ogen zullen lezen wat mijn woorden niet kunnen bevatten

Ik zoek naar de moed om mijn verhaal te delen
Om mijn geliefden binnen te laten in mijn wereld
Want hoewel mijn innerlijke strijd anderen kan verwarren
Is het door openheid en kwetsbaarheid dat begrip kan ontstaan

Vriendschap en liefde zijn de sleutels tot verbinding
Een bron van steun en troost in moeilijke tijden
Dus laat me mijn hart openstellen mijn verhaal vertellen
In de hoop dat ze mijn pijn zullen vinden en begrijpen

En als ze dat doen als ze de weg naar mijn innerlijk vinden
Zullen ze ontdekken dat mijn pijn geen teken van zwakte is
Het is een bewijs van mijn veerkracht mijn doorzettingsvermogen
Om elke dag te strijden en te groeien zelfs in het aangezicht van tegenslagen

Dus laat mijn innerlijke strijd niet ons scheiden
Maar ons dichter bij elkaar brengen verweven in liefde en begrip
Laten we samen navigeren door de complexiteit van het leven
En de kostbaarheid van vriendschap en liefde herontdekken

Want ondanks de verwarring en de uitdagingen die het met zich meebrengt
Zullen we een diepere band smeden sterker dan ooit tevoren
En in die verbinding zullen we elkaar vinden en begrijpen
In elkaars armen rustend wetend dat we nooit alleen zijn
-Delayla

Verbinding in eenzaamheid

De last van eenzaamheid drukt op mijn hart
Terwijl de wereld aan me voorbijgaat
Ik verlang naar verbinding naar een schouder om op te leunen
Maar velen weten niet hoe ze mijn gevoelens kunnen ontcijferen

In de menigte voel ik me soms verloren
Als een eenzame ster die verdwaald is in de donkere nacht
Ik glimlach en speel mijn rol maar vanbinnen schreeuw ik
Verlangend naar iemand die de echo van mijn pijn kan horen

Het is moeilijk voor anderen om de complexiteit te bevatten
De wirwar van gedachten en emoties die mijn geest bevolken
Ik probeer mijn gevoelens te verwoorden maar woorden schieten tekort
En dus blijf ik gevangen in de stilte eenzaamheid die mijn hart bevolkt

Ik snak naar iemand die me echt kan zien
Voorbij de maskers die ik draag voorbij de schijnbare vrolijkheid
Iemand die mijn gebroken stukken kan omarmen
En samen met mij door het donkerste van de nacht kan dwalen

Het is geen gebrek aan liefde of wilskracht
Maar een kloof van begrip die ons scheidt
Ik verlang naar diepe verbinding naar iemand die me aanvoelt
Die mijn gevoelens kan ontrafelen zonder een woord te zeggen

Maar misschien ligt de sleutel niet alleen bij anderen
Maar ook bij mezelf in het omarmen van mijn eigen eenzaamheid
Het is in het vinden van compassie voor mijn eigen pijn
Dat ik een brug kan bouwen naar anderen naar verbinding zo fijn

Dus laat me mijn eenzaamheid niet als een last dragen
Maar als een oproep tot zelfliefde en zelfzorg
Ik zal mezelf omhelzen en mijn eigen schouder zijn
Terwijl ik zoek naar een weg naar verbinding naar een gemeenschap van begrip

En als ik mijn kwetsbaarheid durf te tonen
Zullen anderen wellicht de spiegel van herkenning zien
Samen kunnen we onze eenzaamheid overwinnen
En een wereld creëren waarin niemand zich buitengesloten voelt

Dus laat ons onze harten openstellen voor elkaar
Elkaars gevoelens ontcijferen zonder oordeel of vrees
In verbinding vinden we troost en verlichting
En laten we de last van eenzaamheid langzaam maar zeker verzwakken
-Delayla

Vechten tegen de fluisteringen van angst

Angst fluistert in mijn oor zijn woorden als gif
Ze kruipen in mijn geest en vergiftigen mijn ziel
Maar ik strijd ik weiger me over te geven
Want diep vanbinnen weet ik dat ik sterker ben dan ik lijk

Met elke ademhaling en elke stap vooruit
Baan ik een weg door de duisternis hoe moeilijk ook
Ik omarm mijn moed mijn innerlijke kracht
En laat me niet verlammen door angst die sluipende macht

Het is een constante strijd een dans met mijn demonen
Maar ik laat me niet verstikken door hun greep
Ik verzamel moed in de diepten van mijn wezen
En weet dat ik in staat ben tot verandering en genezing

Ik richt mijn blik op de horizon van hoop
Waar de zon doorbreekt en de angst verdwijnt
Ik omring mezelf met steunende handen
Die me aanmoedigen om mijn angsten te overwinnen

Soms lijkt het alsof de wereld me niet begrijpt
Dat mijn angst een onzichtbare strijd is die ik voer
Maar ik weet dat ik niet alleen ben in deze reis
Er zijn anderen die mijn pad kruisen met soortgelijke verhalen

Samen vormen we een gemeenschap van veerkracht
Die elkaar inspireert en ondersteunt dag na dag
We delen onze angsten onze overwinningen
En ontdekken dat we sterker zijn wanneer we samen staan

Dus fluister ik terug naar de angst in mijn oor
Met woorden van vastberadenheid en moed
Ik geef mezelf toestemming om te groeien en te bloeien
Om uit de schaduw te treden en mijn ware potentieel te tonen

Want ik ben sterker dan mijn angst ik ben veerkrachtig
En elke dag sta ik opnieuw op klaar om te vechten
Ik laat de gifstoffen van angst niet mijn ziel vervuilen
Maar vul mijn hart met liefde en zelfvertrouwen stap voor stap

Dus laat de angst fluisteren laat het proberen me te breken
Ik zal weerkaatsen met vastberadenheid en kracht
Ik ben niet machteloos ik ben niet zwak
Ik ben een strijder en ik zal mijn angsten verslaan
-Delayla

De kracht van tranen

In elke traan die valt bevrijd ik een beetje pijn
Als een stille getuige van mijn innerlijke gevecht
Ik laat de emoties stromen ik omarm ze als deel van mij
Want in mijn kwetsbaarheid vind ik kracht in mijn tranen ligt mijn licht

Elke traan die over mijn wangen rolt draagt een verhaal
Een verhaal van liefde verlies hoop en veerkracht
Ze vormen de rivieren van mijn ziel stromend en reinigend
En ik laat ze vloeien wetende dat ze me bevrijden van de last die ik draag

Mijn tranen zijn geen teken van zwakte maar van moed
Een dappere erkenning van mijn diepste gevoelens
Ik laat ze de weg banen naar mijn innerlijke waarheid
En in die kwetsbare momenten ontdek ik de kracht om te helen

Elke traan die valt spreekt een taal die woorden overstijgt
Ze dragen de pijn en de vreugde die ik in stilte draag
Ik verwelkom ze als boodschappers van mijn ziel
Die me herinneren aan mijn menselijkheid en mijn vermogen om te groeien

In mijn tranen ligt een onuitgesproken verlichting
Een bevrijding van opgekropte emoties die me gevangen hielden
Ik laat ze vallen als een regen van heling en vernieuwing
En voel hoe mijn hart zich lichter en vrijer voelt

Dus ik huil zonder schaamte zonder terughoudendheid
In elke traan bevrijd ik een beetje meer van mijn last
Ik omarm mijn kwetsbaarheid als een krachtige bondgenoot
Die me leidt naar zelfacceptatie en innerlijke groei

Mijn tranen zijn kostbaar ze weerspiegelen mijn diepste waarheid
En ik koester ze als een deel van mijn unieke reis
In elke traan vind ik bevrijding heling en kracht
En ontdek ik dat mijn licht schittert zelfs in de donkerste nacht

Dus laat mijn tranen stromen als een rivier van zelfexpressie
Als een herinnering dat ik leef dat ik voel en dat ik groei
Ik omarm ze als een symbool van mijn menselijkheid
En weet dat ze me leiden naar een diepere verbinding met mezelf

In elke traan die valt bevrijd ik een beetje pijn
Als een stille getuige van mijn innerlijke gevecht
Ik laat de emoties stromen ik omarm ze als deel van mij
Want in mijn kwetsbaarheid vind ik kracht in mijn tranen ligt mijn licht
-Delayla

Wat had kunnen zijn

In de stille uren van de nacht dwaal ik in gedachten rond
Aan ons aan wat had kunnen zijn aan een verloren verbond
De maan fluistert verhalen van verlangen en spijt
De hele nacht door in een eenzame strijd

Gedachten weven zich door de donkere uren
Aan liefde die bloeide aan onvervulde avonturen
De nachtwind draagt echo's van onze gemiste kans
Als een dans van schaduwen een verloren romance

Ik zie ons in de sterren een verloren constellatie
De hele nacht door een eindeloze meditatie
Wat hadden we kunnen zijn wat hebben we gemist?
Een liefdesverhaal dat als mist in de nacht is verspild

De klok tikt voort in het stille uur van de spijt
De hele nacht door vraag ik me af of het niet te laat is
Wat als we een andere afslag hadden genomen?
In de stille nacht blijven de "wat als" dromen

Een zee van gedachten in de nacht verzonken
De hele nacht door aan onze liefde gedronken
Maar de ochtend breekt aan en de realiteit is hier
De hele nacht door koester ik de herinnering aan wij keer op keer
-Delayla

Liefdevol geluk

In het weefsel van relaties kwetsbaar en fijn
Wees bedachtzaam doe geen ander pijn
Voor het eigen geluk een prijs te hoog
Laat compassie leiden niet ego's oog

Wonden geslagen in het hart van een ander
De schaduw van vreugde maakt het licht slechts banger
In de zoektocht naar geluk een nobel streven
Maar laat geen spoor van pijn achter zo even

Laat liefde bloeien zonder doornen scherp
En geluk stralen zonder dat een ander merk
In het rijk van vreugde bouw een brug
Voorbijgaand aan de verleiding van eigenbelang en bedrog

De zon van geluk moet niet verduisterd zijn
Door de wolken van schuld door de schaduw van pijn
Voor het eigen geluk wees een baken van licht
Niet een storm die harten verpulvert in hun zicht

Dus in de reis naar het eigen geluk en streven
Laat mededogen en respect overheersen verheven
"Doe geen anderen pijn voor eigen geluk"
Een mantra van wijsheid als een levensboek
-Delayla

Sterker dan verdriet

In de schaduw van tranen waar verdriet fluistert
Wees sterker dan het donker waar pijn luistert
Laat de kracht van binnen ontwaken als de zon
Sterker dan verdriet waar de hoop begon

In elke zucht van verdriet een kans om te groeien
Wees sterker dan de storm laat het hart stoeien
Laat de littekens van gisteren je niet weerhouden
Sterker dan verdriet laat de toekomst onthouden

Elke traan draagt de belofte van een nieuwe dag
Wees sterker dan verdriet vind de kracht die je drag
Laat de innerlijke vlam van veerkracht branden
Sterker dan verdriet waar dromen landen

Dus sta op doorbreek de ketens van de pijn
Wees sterker dan verdriet laat de zon weer schijn
"In de Schaduw van Sterkte: Een Overwinning op Verdriet"
Een titel voor het hoofdstuk waar de ziel haar kracht liet vlieden
-Delayla

Emoties onder controle

En voor het eerst
Voor het eerst had ik weer het gevoel mijn emoties onder controle te hebben
Er werd niet meer gesproken in extremen
Gewoon gevoelens
Zoals elk ander ze leek te ervaren
Ik was er en ik was gelukkig
Zonder achteraf extreme triestigheid te hoeven voelen
Zonder dat alles zo tegenstrijder hoeft te zijn
Ik was er, ik was gelukkig
Met achteraf een terugblik op dat wat zo mooi was
En een vooruitzicht op dat wat zelfs mooier kan zijn
Of op dat wat me zal pijnigen
Maar niet extreem
Allemaal in gelijke maten
En voor het eerst had ik weer het gevoel mijn emoties onder controle te hebben
-Delayla

Een thuis van liefde

In hun huis een plek van warmte en rust
Waar hun liefde en zorg een veiligheid bieden
Als pleegouders staan ze paraat bewust
Om het leven van een pleegkind te verblijden

Elke dag vangen hun mijn tranen op
Sussen ze mijn angsten koesteren hun hoop
Als een tweede thuis een veilige top
Bouwen wij samen aan een nieuwe levensloop

We delen de vreugde de kleine momenten
De groei de lach en de prille glimlach
En steeds beter leren ze in alle segmenten
Dat pleegzorg een pad is met een diepe betekenis en kracht

In hun ogen zien we soms het verdriet
De littekens van een verleden vol pijn
Maar hun geven niet op ze geven niet toe aan bezwaardheid
Want ze willen ons helpen weer kind te zijn

Samen bouwen we aan vertrouwen en herstel
Met open armen en een luisterend oor
Zij bieden mij kansen een nieuw stel
Van ervaringen en liefde steeds meer

Soms zijn er moeilijke dagen en nachten
Wanneer het verleden mij blijft achtervolgen
Maar we staan naast mij als sterke krachten
Om mij te ondersteunen en te betoveren

jullie zien mijn veerkracht mijn innerlijke kracht
zodat ik langzaam kan groeien en bloeien
Met elke stap vooruit onze weg opnieuw bedacht
Voelen we de voldoening diep in ons gloeien

Pleegzorg is geen eenvoudig pad
Het vergt toewijding geduld en vastberadenheid
Maar we geloven in de mogelijkheden die het bevat
Om de levens van deze kinderen te verrijken met vreugd

Dus zetten ze zich in elke dag opnieuw
Om ons te omringen met liefde en zorg
Want in jullie huis vind ik een plek van waarde en eeuw
Waar ik mag groeien ontwikkelen en jullie mijn dromen borgen

In dit huis een plek van warmte en rust
Omarm ik jullie als familie als een band
Als pleegouders blijven jullie in mij geloven met lust
Voor altijd mijn steunpilaar hand in hand
-Delayla

verborgen

ik ben deels opgegroeid in een gezin
waar niemand zijn gevoelens uitte
en sinds ik klein was
heb ik geleerd hoe ik mijn problemen alleen kan oplossen
heb ik geleerd hoe ik al mijn emoties moet opkroppen
en nu ik ouder ben realiseer ik me
dat is een grote reden waarom ik ben zoals ik ben
ik verberg mijn pijn
totdat mijn pijn te intens wordt
dat ik versplinter
en het duurt een eeuwigheid
om mijn stukken weer in elkaar te zetten
-Delayla

Waarom help je mensen

Ik zie voor mezelf geen uitweg dus wil ik graag voor jou een pad creëren
Een pad zodat je verder kunt zonder je zelf als maar te bezeren
Maar eigenlijk vergeet ik dan om jou de kans te geven
Om van je eigen fouten te mogen leren

Ik vraag door naar je passies doelen en dromen
omdat ik mezelf onvoldoende ken
Ik probeer je te helpen met een zoektocht naar jezelf
Terwijl ik geen idee heb wie ik zelf nou eigenlijk ben

Het helpen van jou gebruik ik als excuus om minder goed voor mezelf te zorgen
Iemand die ik voor mezelf kan zetten
Een manier om liefde aan een ander te geven aangezien ik die zelfde liefde
Niet voor mezelf kan waarborgen

Omdat je in een donkere tunnel zit
Wil ik jou het licht aan het einde van de tunnel laten zien
Gewoon weg omdat ik er zelf niet uit kom
Hulp geven maar nooit aannemen

Hulp is iets dat ik geef maar mezelf ontzeg
Ik maak mezelf wijs dat ik het niet verdien
-Delayla

Diepe dalen

Diepe dalen
geen uitweg
eindeloze strijd
geen uitleg

onzekerheid
Alleen zijn
Afwezigheid
onwetendheid

Verandering
Realisaties
Beëindiging
Beschadiging

Vallen
Opstaan
Oppakken
Doorgaan

Hoop op geluk
betere tijden
het komt goed
beloofd, blijf strijden
-Delayla

Stille mensen

Vaak uitgelachen en niet altijd begrepen
Altijd onderschat en ook altijd raar aangekeken
Wat ze niet doorhebben is dat ik altijd observeer
Ik ben oplettend onthoud alles en ik leer

Zij geven mij zonder dat ze het zelf doorhebben
De kennis en de kracht om hen te breken
Nu vinden ze mij misschien laf
Maar straks smeken ze mij om hen niet te duwen in hun eigen gegraven gaf
-Delayla

Tunnel van zelfverlies

Ik zie voor mezelf geen uitweg, dus wil ik graag voor jou een goed pad creëren
Een pad, zodat je verder kunt zonder je zelf alsmaar te bezeren
Maar eigenlijk vergeet ik dan om, jou de kans te geven
Om van je eigen fouten te mogen leren

Ik vraag door naar je passies, doelen en dromen
Omdat ik mezelf onvoldoende ken
Ik probeer je te helpen, met een zoektocht naar jezelf
Terwijl ik geen idee heb wie ik zelf nou eigenlijk ben

Het helpen van jou gebruik ik als excuus, om minder goed voor mezelf te zorgen
Iemand die ik voor mezelf kan zetten
Een manier om liefde aan een ander te geven
Aangezien ik diezelfde liefde niet voor me zelf kan waarborgen

Omdat je in een donkere tunnel zit
Wil ik jou het licht aan het einde van de tunnel laten zien
Gewoon weg omdat ik er zelf niet uitkom
Hulp geven maar nooit aannemen

Hulp is iets dat ik geef, maar mezelf ontzeg
Ik maak mezelf wijs dat ik het niet verdien
-Delayla

in mijn hoofd

Ik weet het even niet
Het is me te veel gedoe
Laat me nou maar
Ik ben gewoon moe

Moer van het geleefd worden
De drukte om mij heen
Ik weet het je bedoelt het goed
Maar het liefste ben ik alleen

Alleen met mezelf
Al is het maar voor even
Zodat ik daarna weer verder kan
In de drukte van dit leven
-delayla

Vandaag is van mij

Niet altijd vooraan niet altijd bij elk concert
Het leven is een symfonie soms zacht soms fel
Loslaten een bevrijdende keuze
Vandaag is van mij een innerlijke poëtische poort

Niet altijd de leiding nemen niet elke strijd
Het ritme van het leven een onvoorspelbaarheid
Laat los de last van verwachting
Vandaag is van mij een moment van innerlijke verzachting

Soms achterblijven soms gewoon zijn
In de stroom van tijd een uniek schijn
Vrijheid vinden in het loslaten
Vandaag is van mij een dag om te omarmen

Dus adem in en laat gaan
In de dans van het moment een eigen baan
Vandaag is van mij een ongeschreven lied
In de melodie van het nu voel ik me bevrijd
-Delayla